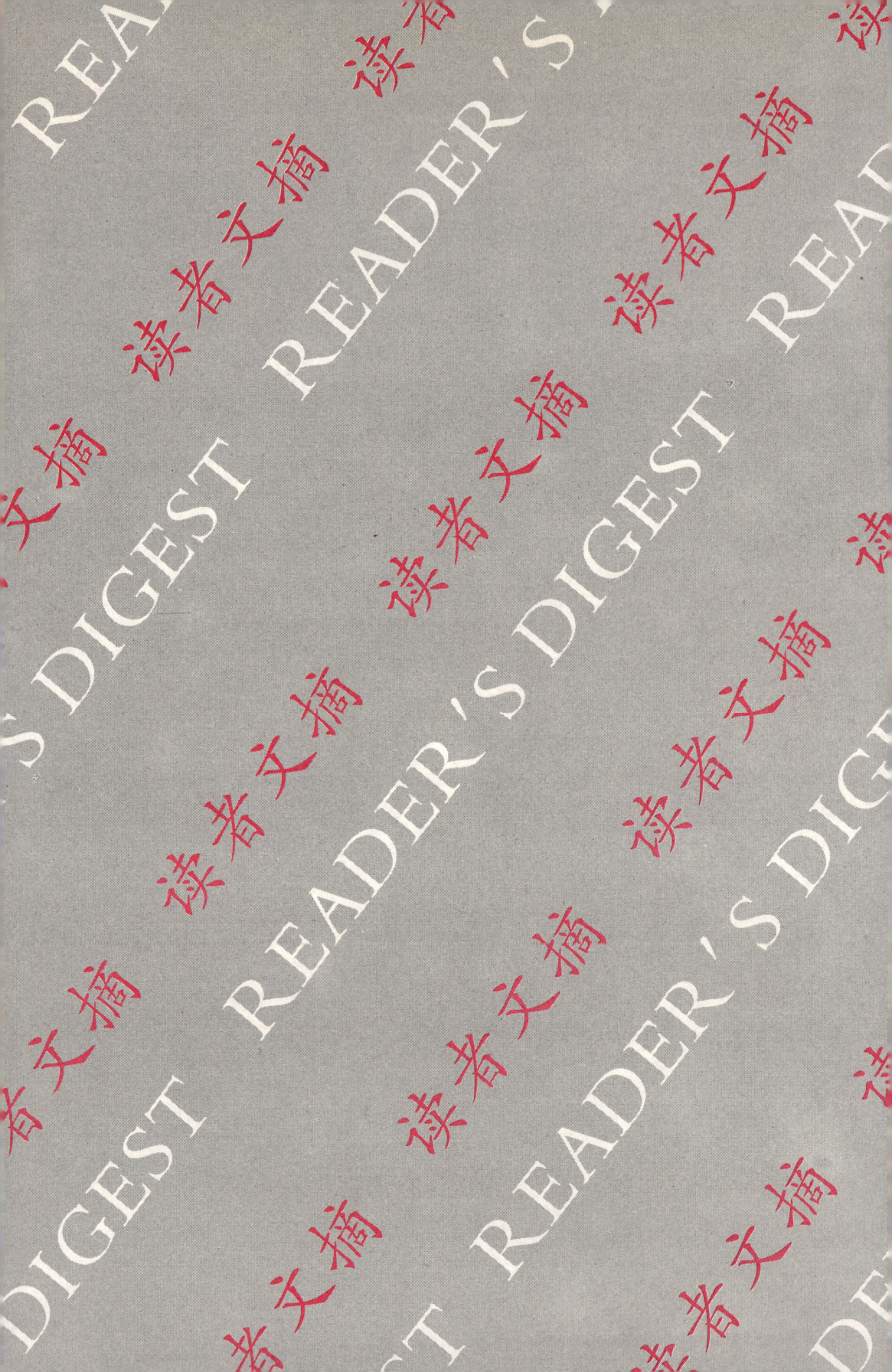

读者文摘
（心灵篇）
Xinling Pian

Reader's Digest 文摘

佳作评选 精华版

成功没有彩排的机会，每一天都要以正式上场的姿态面对。琐碎的光阴，庸常的日子，读一篇读者文摘，为疲倦的身心注入新的活力。《读者文摘》好运将一路相随！

阅读一篇篇美文，感悟一颗颗心灵，享受一次又一次精神的盛宴。

世界的何处有你

Shijie De Hechu You Ni

周虞农 / 著

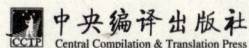
中央编译出版社
Central Compilation & Translation Press

图书在版编目(CIP)数据

世界的何处有你 / 周虞农著. -- 北京：中央编译出版社，2014.2
(读者文摘)
ISBN 978-7-5117-1905-8

Ⅰ. ①世… Ⅱ. ①周… Ⅲ. ①散文集-中国-当代
Ⅳ. ①I267

中国版本图书馆 CIP 数据核字(2013)第 274915 号

世界的何处有你

出 版 人	刘明清
排版制作	腾飞文化
责任编辑	邓永标　余海伦
责任印制	尹　珺
出版发行	中央编译出版社
地　　址	北京西城区车公庄大街乙 5 号鸿儒大厦 B 座(100044)
电　　话	(010)52612345(总编室)　　(010)52612371(编辑部)
	(010)66161011(团购部)　　(010)52612332(网络销售部)
	(010)66130345(发行部)　　(010)66509618(读者服务部)
网　　址	www.cctphome.com
经　　销	全国新华书店
印　　刷	北京盛兰兄弟印刷装订有限公司
开　　本	710×1000 毫米　1/16
字　　数	180 千字
印　　张	14
版　　次	2014 年 2 月第 1 版第 1 次
定　　价	28.00 元

本社常年法律顾问:北京市吴栾赵阎律师事务所律师　　闫军　梁勤
凡有印刷质量问题,本社负责调换。电话:(010)66509618

序
Foreword

邑秋的英文名字是 East Falls.

它是费城思古河边的一个小镇。

邑秋，是我给 East Falls 起的中文名。邑，是 East 的音译；秋，是因为英文词 Fall 也可作"秋"这个意思。我们第一次踏上 East Falls 小镇，也正好是在一个美丽的晚秋日子。一眼我就喜欢上了这里的古木与老屋。

有些地方你从来没有去过，却感觉似曾相识。邑秋于我便如此。

凡独立的小镇，地图上会给它标识一个或粗或细的黑圈儿，但邑秋不是这样，因为它隶属于费城，它在费城城市界线之内。这就好比是一个出嫁的美丽姑娘，归随了夫家的姓氏。而 East Falls，是这块地区最早的和永远的本名。

不，这么说也不确切。East Falls 在欧洲移民到来之前，其原住居民是北美印第安人，这里的丛林、山谷、河流是他们的家园。印第安人把这儿一支弯弯的林中溪流叫作"黄颜色的猫鱼小溪"。可以想象当时这儿的景象：岩石与砂泥将清澈的流水映为砂黄色，鱼儿自由地在水中游弋。

懂工业的欧洲人来了以后，在宽阔的河流上建起了水坝，急流冲泻而下，形成很壮观的瀑布，被人们称为 East Falls，即"东边的瀑布"。这个名字后来就演变为地名。欧洲人舶来了航运时代与工业时代的文明。East Falls 住进了坊厂主、劳工、商贾、平民，千万种人生在这里升起又落下。

仔细地写一个地方，为一个地方写一本书，是我住到了邑秋才有的事。

邑秋是很安静的。邑秋是有历史的。有历史就意味着充满了人物与故事，透过这一层人文角度看，小镇是活跃与拥挤的，这和任何别的地方没有什么两样。邑秋小镇众生的家常素日，都近在咫尺，它是每一个读者的。

目录
Contents

序 / 001

第一辑　溯河

一座山，一片海 / 002
溪流边的勒纳佩人 / 005
桥上的舞蹈 / 007
双桥下的阿卡狄亚(Arcadia) / 009
我已如河般宁静 / 011
Parks Casino——自行车赛一日 / 014

第二辑　思古

无敌骏马 Man o' War / 018
热爱村舍的人 / 021
医生的故事 1850 和 2010 / 024
飘的时代 / 027
布与绸的回忆 / 030
旧照片与日记 / 033

目录
Contents

第三辑 栖木

邑秋绿起来 / 036
一棵给我力量的树 / 039
春,草木萌生 / 041
老橡树的最后一夜 / 044
一封育树人的信 / 046
雪地里的鸟儿 / 048
为一棵树忙碌 / 051

第四辑 拾趣

谁偷走了"圣诞快乐" / 054
十二个红辣椒 / 056
一"赌"永赢的红番茄 / 059
都铎风格 vs. 法式门 / 062
流浪汉的背囊 / 065
给沃利念故事 / 067
河岸的行人岛 / 069

第五辑 闻香

老饕咖啡馆 / 072
印第安女王的麦芽酒 / 075
Pizza 和 Curry 的守护神 / 078
咖啡馆的下午 / 081
带红酒去绿屋 / 084
有个地方叫"看吧" / 087
红房子,蓝色大丽花 / 089

目录 Contents

第六辑 伴书

那么，吹奏夕阳吧 / 092
宝莲（Pauline）图书馆 / 095
格默里（Gummere）图书馆 / 097
公共图书馆·黄昏诗会 / 100
五月的花会书会 / 103
旧书的味道 / 105
播下种子，收获花开 / 108

第七辑 故园

阿伯茨福德在 1912 / 112
蘅蕤路 3901 号 / 115
别了贝拉庄园 1928 / 118
一幢房子的前世今生 / 120
一座弃屋的守望 / 123
悬置的漂流 / 125
宅顶上孤独的鱼 / 128

目录
Contents

第八辑　近邻

大烟囱路的爵士乐（Jazz）/ 132
"好邻居"奖落谁家？/ 134
开心农场的花果蔬菜 / 136
夏绿蒂的花花草草 / 138
"可亲亲"小猫 / 140
你去玩吧，我来遛狗看猫 / 142
一个、半个、又半个邑秋人 / 145

第九辑　时日

第一次参加 Block Party / 148
Flea Market 你可能不知道的故事 / 151
星条旗，烈火中的永生 / 153
五年，守望天明 / 155
活到老，"动"到老 / 158
世界的何处有你？/ 161
长椅与撒马利亚人 / 163

第十辑　情意

化蝶·放飞蝴蝶 / 166
少小离家老大回 / 168
狗们的"拉风"公园 / 170
夏的户外剧场 / 173
一树满满的爱的灯火 / 176
与艺术青年为邻 / 178

目录
Contents

第十一辑　此地

半山坡的站台 / 182
米夫林钟楼 / 184
圣布里奇特教堂 / 186
麦克迈卡尔公园 / 188
老房子里的周末剧场 / 190
塔楼之巅的猫鱼 / 193

第十二辑　斯人

夏弗尔太太的帽子 / 196
瓦尔登 3409 的哀思 / 198
老剧院的守护人 / 200
海伦纪念树 / 202
Woodland Wonderland——森林梦幻地 / 204
汤米的红、白、蓝 / 206
Longing and belonging——所求与所有 / 209

后　记 / 211

第一辑

溯河

这是一条奔流不息的河,两岸是弯弯的、长长的河滨路,林深水绿。这条河的碧波,曾造就一个家族百年的传奇……

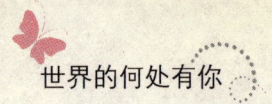

世界的何处有你

一座山，一片海

格蕾丝的父亲、哥哥都是思古河上一名矫健的赛艇手。美丽的格蕾丝嫁到地中海沿岸的摩纳哥，哥哥把奥运奖牌作为礼物送给了她……

　　思古河的碧波，曾造就一个家族百年的传奇。

　　1869年，年轻的爱尔兰人凯利来到北美新大陆，开启人生的新篇章。十个孩子相继出生、长大，精彩的章节也纷至沓来。

　　其中最令费城人兴奋的是，这家一个儿子在1920年和1924年的奥运会上连获两块赛艇金牌，轰动全美。赛艇是英国皇家的一种贵族运动，世界比赛的奖牌多为欧洲人包揽。美国赛艇手打败劲敌，在20世纪20年代的美国也是有民族英雄色彩的。

　　这个天才赛艇手成为凯利兄弟中最著名的人物。运动赛场上的成功也促进了他生意场上的开拓，及后还曾竞选费城市长。而那些在思古河上划桨、激流勇进的岁月是永远的金色记忆。想必是出于对思古河碧波的一片深情，这位凯利把他的家安在思古河沿岸的邑秋。

　　二三十年后，他的女儿也名满美国，并被世界聚焦。她就是好莱坞光彩夺目的电影明星格蕾丝·凯利，是一位奥斯卡奖最佳女演员。有一年戛纳电影节她和摩纳哥王子一见钟情，以后告别影坛、嫁入皇室。

　　少女格蕾丝和父母当年就住在邑秋小镇的蘅蕤路上，在麦克迈克尔公园近旁。那是一幢很大的房子，透出一份属于天主教家庭的规范感、庄重感。格蕾丝就读的是雷文山女子学院，她很小年纪即展现出表演天赋。12岁的时候就在邑秋的老学院剧场登台演出。她因数学不佳而升学无望，却更坚定了走艺术的道路。

实际上格蕾丝有两个伯伯都是艺术家，但是却被视为家族的异类。一个是综艺歌舞剧演员，米高梅、派拉蒙等电影公司都拍过他参演的歌舞片。另一个是戏剧家、导演，曾获得普利策戏剧奖，是个同性恋者。这两位伯伯活跃于二三十年代的美国演艺圈。

格蕾丝初登银幕的时候是20世纪50年代初。希区柯克赞誉她外表冰冷，内心似火。

格蕾丝的哥哥也是思古河上一名矫健的赛艇手。他1947年和1949年获得亨利英国皇家赛艇钻石奖，1956年获得奥运会赛艇铜牌。这一年格蕾丝结婚，哥哥把奥运奖牌作为礼物送给了她。

优雅、美丽的格蕾丝嫁到地中海沿岸的摩纳哥，一个仿佛是童话世界中的袖珍小国，有古老的宫殿、城堡和巍峨的教堂。面对这块领地上的一座山、一片海，格蕾丝对远在美国的亲人思念不已。

1982年在海边的公路上，格蕾丝驾驶的车飞出护栏，翻下山崖坠毁。消息传回美国，她的亲人悲痛不已。围绕车祸有一系列谜团，也很费解。

命运无常，一如童话中巫婆施下了诅咒。

思古河东岸弯弯的、长长的河滨路在1980年更名为凯利路，从邑秋一直通到费城美术馆前。这条河景路，是费城菲尔芒特公园的一条通道。在凯利路上，以前的沿河别墅现在都用作划艇俱乐部，图案各异的会旗在楼前飘扬着。这条路上还有格蕾丝父亲，20世纪20年代的奥运赛艇冠军的纪念塑像。

格蕾丝的孩子们都来过邑秋，这里是他们母亲的成长之地。邑秋小镇上的圣布里奇特天主教堂由凯利家族的后人在此担当圣职。圣布里奇特当年是凯利家拜访的教堂，20世纪30年代它的长椅上曾坐着单薄、多愁、敏感的女孩子格蕾丝。时光如思古河静水深流，逝去的格蕾丝早已成为这个王室的祖母。

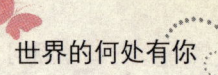
世界的何处有你

> 思古河奔流不息,一个家族云起云落。凯利,这个响亮的姓氏,成为费城和邑秋的传奇。

拼搏的汗水放射着事业的光芒,奋斗的年华里洋溢着人生的欢乐。
——张衡

溪流边的勒纳佩人

"黄色的有猫鱼的溪流"是条溪流的名字,淙淙流淌于山石之上,汇入思古河。这里原本是勒那佩人(印第安人)的家……

今日的邑秋是思古河边一个古老小镇,但在欧洲殖民者到来前,这里是一片幽深的山谷,山泉清洌,淙淙流淌于山石之上,汇入思古河。

在溪水边筑居的,是印第安人。他们把自己叫勒纳佩(Lenape),意思是"人"或"真正的人"。这条溪水则叫作"黄色的有猫鱼的溪流",只因清澈见底,水下卧着黄色的岩石,水中游着猫鱼。他们把这块属于自己的家园叫作 Ganshewahanna,意思是"水声哗哗的地方"。

勒那佩人捕鱼、打猎,在林中过着最贴近大自然的生活。他们在山间的空地上也种植玉米、豆子、烟草,还开辟果园。勒那佩人完全没有土地买卖的概念,他们认为土地属于造物主神所有,土地给 Lenape 食物和居所,仅此而已。远方的欧洲人却早已有土地买卖或巧取豪夺之类的"文明"了,这是勒那佩人完全不能理解的。

当经过漫长的海上颠沛流离,最终靠岸的欧洲人,以饥饿、贫弱、破衣烂衫的样貌出现在新大陆时,好心的勒那佩人与这些难民分享了自己的土地。当扎稳脚跟的外来者殷勤地献上"礼物"或者"金钱货币"时,印第安人也还是不太明白原来自己付出的是土地的代价。

横越大西洋的大船,不断地运来欧洲人。"水声哗哗的地方"从此多的是安营扎寨的打桩子声。说着各种外语的人们,纷至沓来。

世界的何处有你

1682 年，英国贵族威廉·潘到达了英国国王赐给他的新大陆属地——宾夕法尼亚。心怀抱负的他想在这里兴建一个友爱和平的生活乐园。他跟勒那佩人签订了一个著名的和平共存的条约。跟以往白人与印第安人之间签署的土地买卖契约完全不同，这是一个关于两种不同的文明之间"平等相容、友情护爱"的约定。

德拉瓦河边上的一棵大榆树，见证了这个被写入史册的时刻。后世很多艺术家也用画笔再现了那一幕。

"水声哗哗的地方"被新来的欧洲人叫作"东边的瀑布"（East Falls），因为经航行测量，这里的一截水道是思古河的最高点，由此形成了冲泻而下的瀑布，河东岸的这块地，因此得名。

印第安人的家园，不仅仅是名字在改变。住在"水声哗哗地方"的勒那佩人在河边的山林中开辟了一条弯弯的小道，他们由这条小道出行、迁涉、对外贸易、拉运牲畜回家。这条原住民时代的 Indian trail（印第安人步道）演化为 colonial roadways（殖民地车道），后来发展成一条长长的繁华商业街，这就是瑞奇路。史载这是美国最古老的街道之一。

威廉潘的和平共处条约只勉强维持了 70 年。勒那佩人的聚居地日渐被削减，欧洲人的武力掠夺愈演愈甚。勒那佩人被迫西迁，这就是历史上有名的被称作 trail of tears（血泪之路）的印第安人西迁运动。

邑秋小镇上早就见不到印第安人的踪影，而这里原本是他们的家。勒那佩人唯一遗留在这里的是一个名字：Wissahickon，就是林间那条哗哗流淌的溪水的名字，黄色的有猫鱼的溪流。另外，跟勒那佩人有关的猫鱼成为了小镇的吉祥宠物。勒那佩人也许再也不能回来，但愿他们留下的印迹会一直存在下去。

>>>
人生在勤，不索何获。
——张衡

桥上的舞蹈

秋夜,明月高挂。桥上的舞蹈开始了。桥下的思古河在夜色里深沉地流淌。灿若蓝宝石一样的灯,此时像一群蓝色精灵的魅眼,光彩中一副乐不可支的心绪……

　　雨中漫步,星空下絮语,这些无不是浪漫的景象。而不知是谁,想出来要在月夜的思古河桥上跳舞。

　　思古河流经邑秋这一带的时候,成为山谷中的一条宽宽的激流。河岸一侧是邑秋小镇,另一侧是连绵的山野、密林——费城巨大的菲尔芒特公园,赫赫有名。

　　这座把邑秋小镇和菲尔芒特公园连接在一起的桥,建于 1894 年,它像跨板一样平稳、结实地架通两岸,桥栏是长长的一排米字形钢铁结构,支起钢筋的穹形弧顶。它是美国最早的钢铁悬桥之一。

　　掩映在蓝天白云、青山翠水之中,这座被刷成浅绿色的桥被阳光照射得淡白。到了夜晚,桥栏上绽放一朵朵幽蓝色的灯火,异常璀璨,像是环绕在桥上的幽蓝幽蓝的星星珠链。

　　邑秋的这座桥上,每天经过一些去公园跑步的、遛狗的、骑自行车的人,也经过一些缓行的车辆,这些弃高速而走慢路的驾车者,或许只是出来兜风透气的。菲尔芒公园夕阳斜照的时候总泊着不少车,有人在看河上的赛艇,也有孩子在追逐水边的野鸭,树下常有烧烧烤烤的聚会。

　　但在桥上跳一场舞,这恐怕是菲尔芒特公园和邑秋小镇都未曾闻见的吧。

世界的何处有你

桥上舞蹈的海报很快塞进了每一家住户，也张贴到了小镇四处，车站、邮局、街市上的橱窗，走过的人们看了多数是一脸笑意，很佩服这个浪漫的人童话般的创意。有人乐呵呵地说：可难得啊，在桥上跳舞！恐怕要掉到水里去，这就热闹了，哈哈哈哈！

秋夜，明月高挂。桥上的舞蹈开始了。这座一百多年的钢铁老桥，迎来了狂欢劲舞的人们。桥路上铺设了红地毯，桥栏上安设了电源、音响。桥下的思古河在夜色里深沉地流淌。灿若蓝宝石一样的灯，此时像一群蓝色精灵的魅眼，光彩中一副乐不可支的心绪。

跳舞自然是要音乐的。放上经典老歌、舞曲？不是的。

这一晚的音乐对于不熟悉费城的人听起来，大概是陌生的。邑秋桥上这次月光之舞，播放的是费城钢琴家、作曲家 Heath Allen 写的音乐。他是个音乐天才，深受费城爱乐人的喜爱，为一千多场婚礼奉献过音乐。他的音乐被一些舞蹈剧目所采用，据舞者说，遗憾的是未能将 Heath Allen 音乐中的深意"跳"出来。

桥上的舞蹈从八点跳到了午夜十二点。银色月光洒下，人们跳探戈跳伦巴，跳东莎莎跳恰恰，跳摇滚舞也跳交谊舞。小镇上的商家赞助了饼点、红酒。费城一支舞蹈团派来老师在桥上做舞蹈示范，教人迈舞步。

这场特别的舞会散场之后，月光、音乐、舞影，一直在我心上不散。而且我慢慢又想起那位哈哈大笑的老者关于跳舞掉到桥下去的笑话，才惊讶地醒悟老人的话语机智、幽默，是双关语。这座桥本名就叫 Falls Bridge，而 Fall 在英语里面本身就是"坠落、掉下"的意思，老人风趣地说：在"坠落"桥上跳舞，那可是要"掉下"河去的哦。Falls Bridge 实际上的意思是"瀑布桥"——不过要是跳着舞乘着瀑布而下，落进河里，也是够有趣的。

>>>

人生应该如蜡烛一样，从顶燃到底，一直都是光明的。
——萧楚女

双桥下的阿卡狄亚（Arcadia）

Arcadia，是古希腊的一个田园牧歌式的美好地方。被称为"阿卡狄亚"风格的画家，是因为画出的景物都充满了奇思妙想，给人无限美丽与富饶的印象……

  在小镇商业区瑞奇路的南端，有条高架路腾空飞跃思古河，在邑秋形成两座高高的桥。两座桥上的车流是反方向的，一座朝南，另一座往北。

  双桥下有好几根粗大的柱子，它们牢牢地支撑起桥体的重量。这些柱子上画着一些画，主题是体育运动。不同的柱子上画着不同的体育项目。这些画落笔于 1994 年，经过近 20 年的风吹雨打，已经旧损。这里急待绽放亮眼的色彩，与翻新的瑞奇路商业街区匹配。

  时不我待，邑秋发展合作会（East Falls Development Coorporation）请来费城一个著名的壁画艺术组织，并挑选几位本地艺术家，为双桥下的柱子绘制新装。要在高楼一般的柱子上绘画，是个大工程，必须依靠多方协作。要有用于登高的架设，防范风雨的措施，以及在墙面上涂刷、钉钻的技术能力，等等。当然，首先还需要把原来的那些运动画覆盖。

  几次在瑞奇路上远望双桥方向，只见那里搭着脚手架，还有黑纱围着柱子，看起来不像在画画，却像在修桥。

  魔术就在黑纱的帷幔后面一点一点变幻着。再现于人们眼前的双桥桥柱，让人惊艳不已！原先的"运动场"变成了一个童话般的"海洋世界"！你看，鱼儿吐着泡泡，往桥墩上——不，是海面上，游去。海草在桥墩底——也就是蓝色洋底的波浪里，摇曳。每一根柱子上画着大海里的

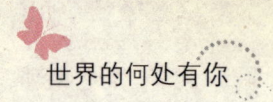

一角,海水好像在流动,而桥底下的空间仿佛也入了大海。

而且这画上使用的不仅只是颜料,还镶嵌了闪烁光芒并具立体效果的琉璃石材之类的装饰物。海洋世界熠熠生辉,浪漫的,旖旎的。

但后来,几位艺术家受访谈到他们的创作时说,他们画的是思古河,画上所有的元素都取源于这条河流,鱼类、藻类……还有很多别的。他们期望人们重新去看思古河,再回来看这幅画。

这一组壁画有个名字,叫 East Falls Tapestry,邑秋织锦画。说这幅画的设计本身带有印花布的风格,为的是纪念邑秋曾经有过的金色纺织年华,那时候都伯森纺织厂(如今的双桥一带)是邑秋最重要的工业。都伯森纺织厂的车间都已废弃,近些年开发商将车间改作公寓和艺术工作室,吸引了一批画家、工艺家入住,有望将昔日纺织厂改造为一个艺术村。

对这幅"邑秋织锦画"的评论中,有一个词我印象最深刻,Arcadia. 这个词是个地名,它是古希腊的一个田园牧歌式的美好地方。Arcadia 这个地方,就相当于中国的世外桃源。美国也借用这个地名,给位于缅因州的一处国家公园命名为阿卡狄亚。被称为"阿卡狄亚"风格的画家,是因为画出的景物都充满了奇思妙想,给人无限美丽与富饶的印象。

这个壁画工程的资金是谁提供的呢?竟然是宾州交通部。想想也有道理,这座双桥就是罗斯福高速公路的一部分,这是条州级公路,应该归宾州交通部管辖。壁画是画在桥墩上的,但算下来桥墩也是交通部的。

听说财大气粗的交通部拨了很大一笔款给邑秋,用以美化这里几座桥墩。难怪,邑秋这组壁画是费城数一数二的精工细作。

情愿让日子过得忙迫,也不要让日子过得无聊。

——罗曼·罗兰

我已如河般宁静

一位绅士站在这片荒蛮的无名山坡上,俯视滔滔河水。他决定了,就在这儿建一个清静、优美的公共墓园……园中一座座沉默坚实的墓碑、墓台,山岭下思古河静静流淌。

邑秋小镇的南边,有一片静静的月桂树山岭(Laurel Hill),它是一座墓园。

1836年,费城一位有名望的绅士站在这片荒蛮的无名山坡上,俯视滔滔河水。他决定了,就在这儿建一个清静、优美的公共墓园。如此,狭小的教堂后院将不再是死者唯一的安息之处。

至今,75000个灵柩安葬在这里。长眠于此的费城名流、国家英雄,加深了墓园的历史厚重感。每一块墓石下面,都有一个故事。

生者走进这一片山岭,会是何许感受呢?园中一座座沉默坚实的墓碑、墓台,山岭下思古河静静地流淌,那一句诗意的"我已如河般宁静"(I've got peace like a river)忽然就触动心弦。

那一刻,有一份遗憾立即释然。——先前,曾在报上读到过一段介绍,那段文字中的人名"埃德加·爱伦·坡"立即吸引了我的注意,我热切地想:什么?爱伦·坡就葬在邑秋的月桂树山岭吗?再细读下去,才知道事实是他在费城住过六年,期间数次去过月桂树山岭……我大失所望,很遗憾爱伦·坡只是"去过"而不是"葬于"这里。

直到那一刻，我理解，"去过"（或叫"来到"）月桂树山岭对于一个生者的意义。

可以想象爱伦·坡在这里用他无与伦比的天才，穿越了阴阳两界的生死之隔。他的灵魂获得了超然的平静与自由，化为强大的创造力。他在费城的六年间，写出了一生中最令人魂牵梦萦的作品。

例如《告密的心》（The Tell-Tale Heart）,《陷阱与钟摆》（The Pit and the Pendulum），《莫格街谋杀案》（Murders in the Rue Morgue），《厄舍古屋的倒塌》（The Fall of the House of Usher），《红死病的假面具》（The Masque of the Red Death）等。这一系列神秘故事和恐怖小说的基调，被认为与作者在墓园中激发的精神感受大有关系。

爱伦·坡只活了短短的四十岁。他在生命的最后五年从费城移居纽约，在纽约贫病交加，妻子的离世更让他痛苦不堪。爱伦·坡在半昏迷半谵妄中死去。

而今的月桂树山岭墓园没有忘记这位文学天才。隆冬的一个夜晚，墓园里举办了一场月色中的漫步，来缅怀爱伦·坡，追寻他的身影——Finding Edgar Allan Poe：By the Light of the Full Wolf Moon。这里的Full Wolf Moon直译为"全狼月"，是印第安人给一月份的满月取的名字，印第安人给一年十二个满月取了不同的名字。

一月，冰雪严寒的荒野里饥饿的狼群在印第安村落外长啸，"全狼月"由此得名。全狼月的意境是非常苍凉、幽旷的。

月桂树山岭墓园就是选择了这样一个满月的夜，带领参加者在冷冷清清的墓园里怀念一位具有赤子之心的天才、狂人。与爱伦·坡生前有交往，如今葬于此的一些人士，也被一一介绍。

爱伦·坡在他生命的最后一年写信给一位朋友说："文学是最高尚的职业。事实上它差不多是唯一适合一名男子汉的职业。"

爱伦·坡喜欢将他的姓Poe加上一个形容词词尾，变成Poetic，即"诗意"。

月桂树山岭（Laurel Hill），它并不仅仅是一座墓园，费城人愿意称它

第一辑 溯河

为"七十八英亩的文化与历史""费城的地下博物馆"。

月桂树山岭墓园入选美国"国家历史地标"(National Historic Landmark),它当之无愧。

>>>
要摘取果子的人必须爬上树。
——富勒

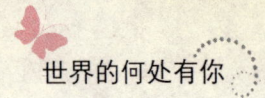

世界的何处有你

Parks Casino——自行车赛一日

比赛的基本线路是从费城美术馆前的公园大道，途经思古河边的凯利路，一直到达凯利路尽头的另一个小镇。思古河边站满了加油助威的观众。这是思古河边一年中最大的盛事……

　　小镇的主干道上，新搭了一条横幅，上面写着：Parks Casino - Philly Cycling Classics，然后是年份和日期。这可不只是为了传播消息，邑秋人哪个不知每年六月的自行车赛。巨大的条幅一拉，实际上如喇叭一吹锣鼓一敲，起振奋人心的作用呢。

　　自行车赛要来了，这是小镇一年里最风光的时刻。这个自行车赛是世界知名的国际比赛，是在美国举行的最大的单日自行车比赛。两三百名运动员参赛，三十多万观众沿途观看。

　　这个比赛的基本线路是从费城美术馆前的公园大道，途经思古河边的凯利路，穿过邑秋小镇到旁边另一个小镇。在我们这两个小镇一带，有不少坡路。

　　戴着头盔、墨镜，穿着紧身赛服的运动员风驰电掣地骑过。一秒钟人影就在眼前闪过，所有的运动员全都经过小镇，也只需短短一分钟而已。但这一分钟，却足以给邑秋人带来一整天的忙碌和快乐，以及此前更长时间的期待与准备。

　　比赛日设在星期天。小镇中心地带的路边搭起了很多店篷，这个盛大的节日汇聚了居民和游客，热闹非凡。强烈的日光下，太阳帽、照相机、汽水、音乐，热烘烘扑面而来。

这是入夏以来最热的一天。小摊上服务生是如此热情洋溢，桌上标示着心动价或摆着赠品。孩子们贪吃冰激凌，嘴巴上奶油乎乎的。有的孩童挤到一张满是颜料和纸张的桌子前，在做画脸的游戏。

这个自行车赛，让邑秋伺机掀起一场夏季的狂欢，而且会不会骑自行车都有份。

首先，业余自行车骑手们不甘下风，联合起来先于国际赛事前，沿相同线路赛上一场。还有，最令人捧腹的是，比赛前一晚的半夜，有人组织了"轮子车"混合赛，三轮车、残疾轮车、购物车竟然都可以参赛，赛场就设在终点处那段陡坡上。这荒唐的赛事在进行到第十次的那个半夜，乐极生悲，有人受伤了，从此这个比赛被警察查禁。

给孩子们设的自行车赛就安全到了家，感觉就是儿戏，而不是比赛，引来笑声阵阵。车程只有一条街，比赛时街上清空，两头堵住。无任何来往车辆干扰，也无任何杂物挡道，而且全程由一名家长躬行护驾，万一孩子栽倒，马上施以援手。最后进行低龄组的比赛，那更是爆笑，这些小小人，竟然可以推着自己的小自行车走完全程，没说一定要骑上去才算，哈哈哈哈……

去年得奖的一个小孩才两三岁大吧。众人都挥拳为他加油，等他推车走到终点后，大家一起为他欢笑鼓掌。比赛虽不强调推车还是骑车，但明确规定必须到达终点，而不能半途而废。这也符合美国教育所体现的价值观：勇气与坚持比技能重要。

一辆老式的"俏丽"观光旅游车（Trolley Bus）在小镇版图里逶迤穿行。观光车爬坡、下坡、弧形转弯，底气十足走过古巷与老街。车子免费搭乘，沿途停靠站密集，为小镇居民和游客提供了温馨服务。

自行车比赛的起止点范围内，就是面积辽阔的菲尔芒特公园。公园这一日也处处是狂欢，邑秋就是一个缩影。

今年这个赛事的名字不像以前的那么直白，用了一个文艺范儿的，叫 Parks Casino-Philly Cycling Classics. Parks，就是指菲尔芒特公园；Casino 的

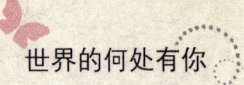

世界的何处有你

意思是大型游乐场、公共赌场,也符合自行车赛作为民众的狂欢节日和选手们的赛场这回事;Philly 是费城的昵称;Classics 是经典传承之意,这个比赛已有二十九年历史,堪称自行车赛里的一个老牌了。

永远别让你的思想平凡了,告诉自己你这辈子不平凡。

——杨财成

第二辑

思古

历史以它自己的方式在人世间传递，不管是一块出土文物，一张照片，亦或是一篇个人的日记，都是通向过往的踪迹。1941年16岁的女孩June的日记写道：书博问是不是我们所有女孩子都会跟他说再见并吻他一下，如果他要上战场。

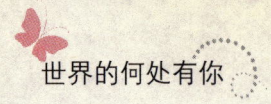

世界的何处有你

无敌骏马 Man o' War

它是历史上空前绝后的顶尖赛马,常胜将军。当年它是一颗体育巨星,受人膜拜。现在美国最著名的纽约赛马比赛赌注就是以它的名字命名的……

图书馆展出了一些老照片。其中 Sports and Teams 体育及运动队的一组照片,有一张非常特别,引起我很大兴趣。

别的照片都是运动队的集体合影,篮球队、足球队、赛艇队等等。看起来很有阵势,黑白照也精彩展现年轻人的英姿勃发。与众不同的是,有一张风格很随意的照片,像是抓拍的那样,上面是三个男人和一匹马。

三位西装男士都没有看镜头,两个注视着马,一个手里拿着礼帽,站一边,笑得很愉快。马,是这张照片的主角,它比人高出一头,身形健硕,毛皮紧致并且发亮。

照片下面配了一行字幕,写着 Man o' War,然后括弧里注明年代不详。

我对这张照片疑惑又好奇,一时完全不能弄明白它的底细。但强烈地觉得这是个不寻常的时刻。

记忆里似乎隐隐有 Man o' War 的什么印象?我追寻良久,想起来了,几年前曾在中文网站看到过一篇文章,介绍美国一部电影佳作,叫 Seabis-

cuit（中文译名硬饼干），这部电影讲述的就是三个男人和一匹马的感人故事。

我没有看过这个电影，但后来在中英文网站又好几次与Seabiscuit撞上。这个电影是根据畅销书改拍的，而书又是根据真实故事创作的。

Seabiscuit是一匹赛马的名字，出生在1933年，1947年死亡，是美国历史上著名的赛马，出生时先天不足，瘦小、瘸腿，主人一点也没有看好它，但被伯乐慧眼识得，成为凯旋的千里马。伯乐、驯马师、骑手，三个男人和一匹马，走出各自人生的depression低谷、创伤。

书中的伯乐是个汽车推销商，但他的儿子却因车祸而亡。驯马师原本是个牛仔，与现代工业社会格格不入。骑手身世悲凉，是被父母抛弃的孤儿，在拳击赛中因眼睛受伤造成视力缺陷，但他苦苦隐瞒实情，因为眼睛看不清对于赛马手来说是死路一条。

三个男人与一匹马创造了奇迹。Seabiscuit的故事在当时给美国人带来了巨大的精神力量，以此走出经济大萧条（Great Depression）的困境。

邑秋图书馆里的这张照片，难道就是这三个男人和这匹马？不是的。Man o' War是Seabiscuit的爷爷。它是历史上空前绝后的顶尖赛马，常胜将军。它位居二十世纪100匹超级赛马之榜首。当年它是一颗体育巨星，受人膜拜。现在美国最著名的纽约赛马比赛赌注就是以它的名字命名的。

Man o' War中文译名是战神。它出生于1917年，那一年它65岁的主人正在法国参加第一次世界大战。留在美国家中的太太为嘉许丈夫英勇参战的精神，给新生的牛犊取名Man o´War，没有想到这是一匹百年不遇的好马。

这匹天才式的赛马，初次征战就大获全胜。两岁的时候已经身经百战，它的功勋没有别的马能企及。三岁的时候它多次打破美国纪录、世界纪录。它更创下配种纪录，这是因为人们要特意将它优秀的基因遗传下来。Man o' War的一生，成功、荣耀，而且长寿。

邑秋在二十世纪初有不少费城富人的大庄园及开阔的空地。举办赛马活动，也是有钱人的一种风雅吧。请到最著名的Man o' War出场，以嘉

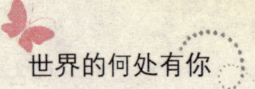

世界的何处有你

宾身份客串表演一下,当然是提高人气和声势的。

从照片上看,那个时代的邑秋闪着金色光芒,是十年大萧条来临前最后的灿烂。

在所有的过错中,我们最易于原谅的就是懒散。

——拉罗什富科

热爱村舍的人

尽管子承父业以律师立身,他骨子里却是一个文艺青年。他写诗歌、散文、戏剧、小说。他甚至不得不靠做律师赚取可观的报酬以支撑自己的写作……

山间晨雾灰蒙蒙的,清泉边紫罗兰绽放。

——英文原诗是:The mist of the morn is still grey on the mountain, The violet blooms on the brink of the fountain。

这是一首田园诗的起始两行。写诗的人叫理查德·宾·斯密斯(Richard Penn Smith)。有理由相信这首诗作于邑秋,描绘的是这里的自然之美及农人勤劳快乐的乡村生活。

理查德出生于1799年,美国已由原先的英国殖民地,成长为一个独立的国家。理查德的父亲和祖父都经历了美国独立战争。那个时期的费城,是世界上仅次于伦敦的第二大都市,是大英帝国在北美的13个殖民州的社会与地理中心。

三代人中,最建功树业的人物当数祖父老斯密斯。

老斯密斯先生出生于苏格兰,1751年到美国。他极有文采和魄力,受到本杰明·富兰克林的赏识,聘他为校长。那一年是1755年,老斯密斯先生只有28岁,是一位青年才俊。校长这个职位他连做二十四年,且同时担任教授长达三十七年(注:在教学的最后三年又曾担任校长)。宾夕法尼亚大学的校史上,记载着这位第一任校长的生平。

老斯密斯先生在教育上和学术上是成绩卓著的。他 1768 年入选当时美国最高学术团体的院士。十八世纪八十年代，他在马里兰州创建了华盛顿学院。

这个家族的第二代人曾有一桩善举，造福了邑秋人。

邑秋老学院剧团（Old Academy Players）的史志上有这样的记载：1816 年 7 月 9 日，William Moore Smith 和太太捐赠了他们名下 56 平方杆（square perches）的土地，用以建造学校，需要的话也做礼拜场所。1819 年，老学院（Old Academy）建成。此后它不仅是学校，也是公共议事厅、公共图书馆及邑秋每一所教堂落成之前的临时地点。

William Moore Smith 即老斯密斯先生的长子，是一位律师。他 1759 年出生于费城，经历了美国从殖民地到独立共和国这一新旧时代交替的动荡过程。1803 年他回了一次英国，翌年返回费城，从此不再涉足事务性工作，隐居费城郊外读书精修。他深厚的古学功底后无来者，成为那个时代的翘楚。

1821 年他去世。可以慰藉的是，名叫老学院（Old Academy）的学校已在两年前建成。这既是父亲一生办学这份家族精神的延续，也表达了他对新学（以资产阶级实用主义为原则）的一种态度。

老斯密斯先生 1803 年去世，那一年他长子最小的儿子 Richard Penn Smith 4 岁。

理查德家学渊源。尽管他子承父业以律师立身，骨子里却是一个文艺青年。理查德青年时期所处的十九世纪二十年代，美国工商业资产阶级的实力雄厚起来，政治形势和阶级关系发生着很大变化，资产阶级新政府逐渐代替原有的贵族统治性质的政府。

理查德写诗歌、散文、戏剧、小说。他甚至不得不靠做律师赚取可观的报酬以支撑自己的写作。

The Cottage Lovers，即《村舍恋人》，是他写作盛期的一首田园诗。这首诗共四十行，充满了对村庄的热爱，对淳朴生活的赞美。

在他生命的后期，他非常缅怀自己的祖父老斯密斯先生。他携第二任妻子（前妻已去世）搬入了老斯密斯先生的乡间别墅——位于邑秋的"农舍"，在那里住到生命的最后一刻。

　　理查德创作的重点在戏剧,他以剧作家留名于世。巧合的是,用他父亲捐出的土地盖起来的老学院(Old Academy)在二十世纪三十年代渐渐演化为一个剧场,时至今日,它已成为邑秋的人文地标。

勤劳的人会有各种幸运,懒惰的人则只有一种不幸。
——芬兰谚语

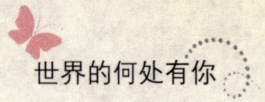

世界的何处有你

医生的故事 1850 和 2010

威斯特医生写于十九世纪五十年代的信件，与佩兹曼先生 2010 年的读取，这两者之间一定存在着什么不可知的缘定。这些信在时光的隧道里穿越了一百六十年，它到底有怎样的使命？

　　人们可以去往任何地方，跨越空间，却永远无法穿越时光的隧道，回到从前。但有人就对此痴心不已，他们是一群爱历史的人。把家安在 Wissahickon 路上的佩兹曼先生就是一例。

　　Wissahickon 路是邑秋小镇和日耳曼镇的分界线。佩兹曼先生工作在邑秋小镇的 Drexel 大学医学院。他是医生，也是教授。

　　讲佩兹曼先生的故事，必须先引入一个年代，十九世纪五十年代，佩先生跟它似乎特别有缘。

　　先说佩兹曼先生工作的医学院，它前身是"宾夕法尼亚女子医学院"，成立于 1850 年，是世界上第一座女子医学院，从此，医生这一职业不再被男人所垄断。学校第一届医学博士毕业生中的安妮·普瑞斯顿，后来又创建了"费城女子医院"，成为医学院的附属医院。

　　这个女子医学院和医院从城内迁址邑秋，是在 1928 年贝拉庄园被推倒之后。贝拉庄园的倒下，成就了美国第一座规划建设的教学与临床结合的医学中心的崛起。

　　这座学校从 1850 年建立至今，有过很多次改制、更名、易主、以及迁出大本营栖身别处之类的事情，盘根错节非常复杂。而佩兹曼先生心里却有着一张清晰的魔法地图，上面是1850年以来学校走过的路、遇到过的人、发生过的事，巨细无遗。

佩兹曼先生曾组织过两次校园观光游（tour），他对每一个办公室，对每一幅画像，都能说出它们的历程，仿佛他从1850年起就一直住在这儿，未曾离开过。不，不是因为佩兹曼先生惊人的记忆力，令他记下了所有的年代与事件，而是因为他与历史之间莫可名状的神秘超感，让一切变得不可思议。

十九世纪五十年代，他对它的记忆似乎与生俱来。当读到十九世纪五十年代一位医生与妻子的通信时，佩兹曼先生觉得这些信就仿佛一位熟悉的朋友从记忆中走来。

十九世纪五十年代，日耳曼镇上一位叫欧文·威斯特（Owen Wister）的医生，给他的妻子写信。威斯特医生记录了自己艰辛的行医工作，一大早去视诊，到病人家中，到农场，跑遍了近郊和远乡，晨出夜归。病人的期待，自己的医疗……威斯特医生的这些信从十九世纪五十年代直至十九世纪六十年代，佩兹曼先生看得入了迷。

但这些信件中隐隐约约的谜团，更让佩兹曼先生辗转不眠，无法释怀。

"The letters suggest other stories."——这些信另有故事！佩兹曼先生被自己的想法所震惊，但他立刻就此进行探索，去解开那些谜团，从而有了很多出乎意料的发现。

我在上篇预言过佩兹曼先生即将写一部关于十九世纪五十年代费城医生的小说书。我期待着早日读到。

我相信的是，威斯特医生写于十九世纪五十年代的信件，与佩兹曼先生2010年的读取，这两者之间一定存在着什么不可知的缘定。这些信在时光的隧道里穿越了一百六十年，它到底有怎样的使命？

后注：文中威斯特医生即美国著名作家欧文·威斯特（Owen Wister）

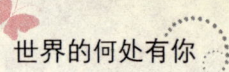

世界的何处有你

的父亲。父子同名。父亲从医,儿子从文,成为美国西部文学的开创者,代表作《弗吉尼亚人》。作家威斯特是父母唯一的孩子,在哈佛大学读书期间广结年轻的音乐家、作家。威斯特一度患有神经、精神方面的疾病,父母曾为他担忧。

勤劳应以所做的工作为尺度。

——徐玮

第二辑 思古

飘的时代

曾经这里烟囱高耸，厂房林立，而如今都伯森纺织厂留在思古河岸边的废墟非常荒凉……想到大庄园、大工厂如今都已不在，怅然莫名。

思古河发源于阿巴拉契亚山脉，它由北而南流经费城，与德拉瓦河汇合后注入大西洋。

沿着思古河，十九世纪三十年代的费城造建了第一条铁路线。从北端的诺瑞斯镇（Norristown），到达南端的费城市内。沿途经过一个又一个河边小镇，邑秋是离费城最近的一个。

铁路的建成打破了思古河两岸的宁静，费城的工业在河岸边蓬勃发展，最昌盛的是纺织工业。这里诞生了美国纺织业第一代开创者及美国最大的棉纺厂。

1860年南北战争前的美国，北方资本家的纺织厂内工人在机器旁织布，南方奴隶主的种植园内黑人奴隶在采摘棉花。南方种植园里出产的原棉，被北方纺织厂织成布匹，又销往南方。如此形成供销循环，相互依傍。

内战爆发后，南方奴隶主庄园遭受了重大损失。美国畅销小说《飘》里有详尽描述。战火摧毁了昔日温暖、富足的十二橡树庄园，而战后的陶乐农场也面目全非。

世界的何处有你

被斯嘉丽咬牙切齿咒骂的"洋基佬"（注：Yankee，洋基佬，美国南方人内战期间及战后用此词贬损其北方敌人），固然赢了战争，但是战争中遭受重创的也不在少数。思古河岸边最大的纺织厂就因为南北爆发战争，原棉供应中断，生产难以为继而倒闭。

但乱世也成就了另外一些人。就像《飘》中斯嘉丽家乡镇上的年轻人都争抢着上前线，誓死捍卫南方家园一样，当时在思古河边开设纺织厂的都伯森兄弟，热血效力自己所在的北方阵营。他们拉起一支纺织厂工人队伍，开赴前线，浴血奋战，还倾其所能，为北方联邦军提供军被、军服。

内战爆发后林肯总统发表的《解放黑人奴隶宣言》，赋予这场战争进步性。第二年，林肯总统在葛底斯堡发表演说，更明确了这场战争利国、为民的性质。演讲中有这样的话：

八十七年前，我们先辈在这个大陆上创立了一个新国家。

我们正从事一场伟大的内战，以考验这个国家，或者任何一个孕育于自由和奉行上述原则的国家是否能够长久存在下去。

烈士们为使这个国家能够生存下去而献出了自己的生命。

我们要使国家在上帝福佑下自由的新生，要使这个民有、民治、民享的政府永世长存。

无疑，都伯森兄弟不计安危得失支援前线是爱国主义、英雄主义的行为。

都伯森的纺织厂在战争中赢得了荣誉，也壮大了生产——联邦军队大量地与不断地向他们征用被服等急需品。战后，都伯森纺织厂进一步扩大生产，在现在邑秋斯考特街、瑞奇街一带，烟囱高耸，厂房林立，工人多达一万一千名。

二十世纪的第一个十年，费城因为发达的工业而获得了"世界工厂"的名声。费城的纺织工业则是各产业中的强中之强。但制高点后却以坠落的速度下降，20世纪30年代美国经济大萧条，思古河岸边昔日火热的纺织厂工地归于沉寂。

 第二辑 思古

都伯森纺织厂留在思古河岸边的废墟非常荒凉。坐火车每次望见,就感到一阵压抑。再想大庄园、大工厂如今都已不在,便怅然莫名。不过近日,目光投向窗外时,耳际响起《飘》中斯嘉丽的父亲说过的一句话:"世界上唯有土地与明天同在。"——我于是释怀。

>>>
但愿每次回忆,对生活都不感到负疚。
——郭小川

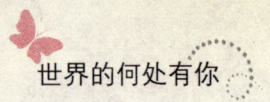

世界的何处有你

布与绸的回忆

它历经一百二十多年的风雨历程，伴随纺织工业的兴衰，一路走来。这个美术体的 P 字，看起来很像一架竖琴，有音乐气质，但它并不是竖琴，而是一架古老的纺纱机……

费城大学的校旗上，飘动着一个银灰色的 P 字，取自于 Philadelphia，即费城的首字母。

这个美术体的 P 字，看起来很像一架竖琴，有音乐气质。但联系到费城大学的校史，就知道它并不是竖琴，而应该是一架古老的纺纱机。轮子、纱锭、长长的纱线都不难辨认。

费城大学的建校，当追溯到 1876 年，美国建国一百周年时的一场盛会。

这一年，从春天到秋天，费城思古河岸边的菲尔芒特公园举办了盛大的展览会，这就是大名鼎鼎的世博会第一次在美国召开。来自各国的精品、特产在这儿登台亮相。美国的纺织企业家们很快发现，他们的产品无法与欧洲的媲美。

当时费城是美国纺织业的中心，思古河岸边纺织工厂林立。很快，一个计划开始酝酿：建立一所纺织学院，为国家培养纺织人才。

在这样的背景下，1884 年成立了"费城纺织学校"，并且很快成为工业界强有力的后盾，提供知识与人才资源。"费城纺织学校"曾与费城美术博物馆、工业美术学校签署联合协议，共同发展。

它历经一百二十多年的风雨历程，伴随纺织工业的兴衰，一路走来。

从早期的费城纺织学校，到中期的费城纺织学院、费城纺织工学院，它最后于1999年突破性地更名为费城大学。学科建设已经从当初的纺织，发展到时尚行销、服装设计、建筑设计、室内设计、平面设计等众多领域。

费城大学紧挨着思古河东岸一翼的菲尔芒特公园，地势起伏而连绵。费城大学仅三千名左右学生，但校园属地有一百英亩，同时与众多树林接壤，它们实而无名地成为费城大学的一部分。

我对费城大学独有偏爱。原因是它让我想起家乡的苏州丝绸工学院。

苏州是江南桑蚕之乡、丝绸古城。明清时期设立了著名的苏州织造府。苏州出产的绸匹及丝绣，曾经多次参加国际博览会，举世倾倒。

小时候我好像从没有去过护城河的对岸。城东方向，到达的最远处是护城河边的动物园和东园。我和爸爸在萧瑟的河边吹风，我甚至不知道那杂草丛生的土坡就是昔日城墙。土坡上早已有了高低不平的豁口，可以望见河——那就是护城河了，也可以望到对岸的村庄和农舍。

我意识到苏州存在着一个叫丝绸工学院的大学，是到了二十世纪八十年代。

那个年代大学生是天之骄子。星期天去观前街玩，会碰上一些胸口别校徽的年轻人。四个字的是苏州大学，校徽上看起来有充足的留白。字迹密集的则是苏州丝绸工学院。八十年代的苏丝工女大学生在街市上是很与众不同的，如同五四时期的女学生在市井草民中的对照。

那时苏大是省级师范院校，限在江苏省内招生。而苏州丝绸工学院是纺织部所属的院校，全国招生，且具有艺术院校性质。就是这样，两校学生在气质上很不同。

苏州丝绸工学院已经不叫这个名了，它1997年并入苏州大学。两年后，即1999年，美国最古老的纺织专业高等院校——费城纺织工学院，

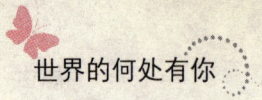

也更名为费城大学。

历史不停地演绎着相似的故事。曾经的岁月注定会远去,成为金色的记忆。

你若要喜爱你自己的价值,你就得给世界创造价值。
——歌德

旧照片与日记

他们在黑白照片上露着笑容，相依在同伴身旁，穿越时光注视着我们。不管是一块出土文物，一张照片，亦或是一篇个人的日记，都是通向过往的踪迹……

邑秋"史协"（Historical Society）前两年开展了一个口述历史活动，走访很多老人，听他们讲过去的事情。今年史协的一个新活动是，收集旧照片和日记。

史协获得了很多旧照片，有一些是遗物。从20世纪30年代的意大利人俱乐部活动，20世纪40年代的教堂集会，到20世纪50年代的小学毕业典礼……这些黑白照片上站着一群群不同的人，留存着一份集体的记忆。史协选了一些照片登在报上，并让读者来确认照片中的人是谁？

麦克认出有张照片上第二排中间的是他爷爷。凯文说，他叔叔看了照片告诉他上面是谁和谁，比较确定，因为是俩熟人，旁的想不起来是谁。

很快，有女儿认出了妈妈，学生认出了老师。照片上的人，就算已经离去，却被记得他们的人抢着认出。也有自己认出自己的，珍妮现在已是白发眼花的老人，照片上她六岁，她说：一眼就认出来，那个穿泡泡裙扎蝴蝶结绸带的是我。

还有很多人，他们在黑白照片上露着笑容，相依在同伴身旁，穿越时光注视着我们。如今，没有人说得出他们是谁。

名叫June的女孩，1941年她16岁。珍珠港事件突然爆发，June写下了这样的日记：

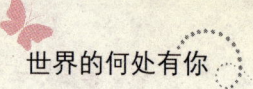

世界的何处有你

在教堂里,多菲告诉我战争的事情。韦博问是不是我们所有女孩子都会跟他说再见并吻他一下,如果他要上战场。牧师布道的时候,外面报童叫喊新闻的声音传来。这一切带给我从未有过的感觉。

第二天是星期一,June 上学。她的日记记录了这一天在学校的情景:

学校里每个人都在发表对战事的看法。我们听了总统的演讲。国会已经正式向日本宣战。投票结果是 388 票比 1 票,只有 Jeanette Rankin 女士投了唯一的反对票。我今天什么作业也没写,就一直在听电台。

June 上的学校是个女校。Jeanette Rankin 女士可以说是女校学生心目中的偶像人物。她是美国历史上第一位进入国会的女性。她说:"我有幸是第一个,但绝不会是最后一个。" Jeanette Rankin 女士是个反战主义者,和平主义者。

12 月 9 日 June 的日记是这样写的:

今天三藩市响起了多次空袭警报。学校里在谣传,说敌人的飞机向着东海岸俯冲。我们接受了空袭防护指南。新闻说,东京、神户、台湾都遭到了轰炸,但这还没有被确认。十点钟的时候,我听到了总统的"炉边谈话"(Fireside Chat),他让我们耐心,购买国防公债。

到了 12 月 10 日星期三,珍珠港事变后的第四天,June 日记中记录的生活在渐渐恢复原样:

学校里关于战争的讨论少了,我看,人们的新奇渐渐平息了。我听广播说短期结束战争的希望是没有了。我做功课到很晚。我洗了澡,上床睡觉。现在"记住珍珠港"是我们国家的格言。

半个多世纪以前的这些旧照片与日记,由史协收集后,保存于小镇图书馆。历史以它自己的方式在人世间传递,不管是一块出土文物,一张照片,亦或是一篇个人的日记,都是通向过往的踪迹。

社会犹如一条船,每个人都要有掌舵的准备。

——易卜生

第三辑

栖木

树,给人智慧,给人力量,我想这来源于树餐风宿露的身世。一户人家门前的老橡树,壮拔高大。灯火升起在无人的街上,夹杂着呼啸的风雨,老橡树在风雨中摇晃。它知道,此刻将与世界告别。今夜是它的最后一夜……

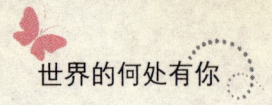

邑秋绿起来

海报画面简洁，绿树、铁铲、弯腰种树的人。风吹雨打，星月更迭，它变成了一棵大树，为沿途奉献春天的开花美景，夏天的绿荫清凉，秋天的红叶……

　　邑秋小镇上有很多巨树、古木，它们在这块土地上扎根最早、生存得最久。

　　每一颗果实有它的命运。风儿吹来，松鼠衔来，果子躺在土壤里静静地等候。春天来临，这粒种子发芽了，根往土壤里伸，茎叶向上长。风吹雨打，星月更迭，它变成了一棵大树。像这样大自然赐予、野生繁殖的树木，邑秋小镇上有许许多多。

　　一二百年前邑秋小镇上铺设的供马车行驶的石子路、红砖路，缝隙里挤挤地长满了青草，甚至还夹杂着破土而出的橡树幼苗。

　　在人们将邑秋建为一个毗邻繁华都市的城郊居住小镇的过程中，一定倒下去很多树，代之以房屋与道路。此后，当一树树的果子坠落到地上的时候，它们发现，温暖松软的土壤已被坚硬的水泥地覆盖。

　　孤单的树，寂寞的种子。所幸，邑秋的人们，很快就采取补救行动了。

　　每年开春季节，邑秋有一场声势浩大的植树行动。海报张贴在邑秋每一根木头电线杆、各车站、众商店橱窗，还跟随免费报纸与广告送达家家户户门上。海报画面简洁，绿树、铁铲、弯腰种树的人。海报标题是："邑秋，绿起来！"

紧接着，你可以看到行动已经开始了。镇上几所学校的学生组织分别在校园内清扫了冬季的枯枝败叶，松土、施肥。居民志愿者在路边检查树情，移走枯亡的，种上新的。植物医生模样的人，在给树查病，做记录，喷药。还有住户在打电话，请行动小组来自己屋子边种树，地址是某某街，喜欢的是某某树种。

早春的几个星期六、星期天，邑秋小镇上活跃着挥汗种树的志愿者们的身影。

可以发现，很多小树就种在路边两棵大树的中间。我想，这是出于一种长远之计。一旦老树的生命走到了尽头，它旁边的小树那时候可能已长成高高的大树，可以代替它，为沿途奉献春天的多彩美景，夏天的绿荫清凉，秋天的红叶绚烂。

邑秋人走进每一片树林，精心地整理，拾走了倒地的断枝，腐烂的有害杂物。邑秋人走进每一条街区，仔细地考量，因地制宜，补充植被的不足。

在住到邑秋之前，我从没见过一个地方的人能够这样爱树、照顾树。夏天的黄昏，家家在浇花、浇树。小树苗的树根上都安装了一个绿色的浇水袋。袋子里蓄积的水可以慢慢地往下滴灌，渗入土壤。这样既避免水流到别处造成浪费，又可以让幼树持续吸取水分，避免过干过湿造成损害。

邑秋人对树的呵护也体现在修剪上，邑秋人让每一棵树展现最美丽的姿态。院子里的花树疏密有致、旁逸斜出，有一股风流与妩媚。春天落花、秋天落果、落叶，邑秋人都及时清扫地面、整理树容。一片安静的院落、一棵整洁的树、一袋蓬松的植物垃圾（装在环保大号纸袋里，是一款绿色设计，而且很漂亮），这是邑秋人家常见的一幅庭院静画面。

圣诞节前，邑秋人家在树上缠绕了灯珠。夜晚，一树树的灯珠亮闪闪的，一派火树银花的美景，让人仿佛置身童话世界。

寒冬的时候，白雪压在深灰、浅黑色的枝干上，松鼠在树上蹦来跳去，积雪纷纷塌落，一坨坨、一片片的下坠，别具一番清冷、秀美的冬日

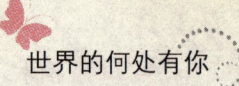

世界的何处有你

景象。

　　"邑秋绿起来"行动的海报上说,这个行动的使命是:恢复邑秋为城市森林,创导环境保护之职责。

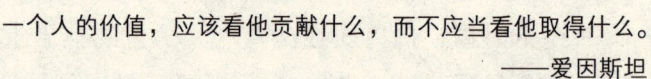

　　一个人的价值,应该看他贡献什么,而不应当看他取得什么。
　　　　　　　　　　　　　　　　　——爱因斯坦

一棵给我力量的树

树就像张开的巨伞，无忌地伸张在天空下。苍老的大树，仿佛能倾听人内心的声音。百年的修炼让它洞察天地与人间万象。我收获了与一棵大树之间心与心的交流……

在邑秋小镇，我有过一次避雨的经历。

那段时间，我的心里充满了忧烦。我不知道如何摆脱它们。

这是一个黯淡、闷热的午后，天色跟我的心情一样压抑。我从家里走出来，顺着坡势向下，经过弥德维尔街，走过老图书馆，往林后的费城大学走去。从僻静的后校门步入了他们的校园。

正值暑假，六月的校园内几乎没人。路边的花儿独自盛开。城堡式的古楼被粗壮、高拔、茂盛的大树卫士般地掩护着。绿色草坪上，几棵庞大的树就像张开的巨伞，无忌地伸张在天空下，我羡慕它的纵情恣意。校园的边缘，是一片一片树林，遮天蔽日的林子里，静谧、幽暗。

我在校园中蜿蜒的小路上静静地走，默默地看。

猝不及防的，忽然一阵噼里啪啦的雨点砸下来。天色已经比刚才更暗，头上是一大块乌云。我什么也来不及想，就跑向草坪上那棵巨伞般的大树下面躲雨。我紧紧地站在它粗大的树根旁边，脚下的泥土一点儿也不见湿，而小路上已经水流成溪。远方传来一声沉闷的雷响，天空中似乎也划过几道不见颜色的闪电。凉凉的夹带着细雨的风，吹拂着我。

我完全忘了，书上说雷阵雨的时候在树底下躲雨是有危险的。而我，却只感到了安全和久违的如释重负。大雨把天地下得混混沌沌，却也冲走了我心中的块垒。我在树下望着眼前的风雨，这是我第一次如此贴近一场疾风骤雨。我真切地置身于其中，目睹它的壮观。静静的校园，无人打扰风雨给我的这一次洗礼。

我感激这一棵树！当我奔向它的一刻，我的心已经感觉到它宽厚的接纳。当我站在它的身旁，它早已读懂我心里的伤痛。一阵风刮来的时候，我伸手抱住它，我立即发现，这是一位久违的朋友，赤诚的心意直抵我的心底。

无法说得清楚那一刻神奇的感觉。仿佛冥冥之中神灵的助佑，是一个奇迹。

那天在那棵树下，感受到很多很多。苍老的大树，仿佛能倾听人内心的声音。以它一百年（或两百年、三百年）修炼的洞察天地、人间万象的慧心，给迷途的我传递人生哲理和启示。

那次避雨，我真切地感受到，树，的确是能给人智慧、给人力量的。我想这来源于树餐风宿露的身世，我们人无可比拟。再看释迦牟尼在菩提树下觉悟成佛，我就多了一份感同身受。

这位印度迦毗罗卫国王子，经过六年苦行僧的生活，"身体消瘦，形同枯木，仍无所得"，最终却机缘巧合，在菩提树下顿悟。他所觉悟的是：众生皆有清净之心，但是被妄想所羁绊，因而障蔽了我们佛性的清净之心。

菩提树从此成为佛教里的智慧树、圣树。

苍天似乎永远在眷顾着浮世里的芸芸众生。在我精神困苦的时候，我遇到了解救我于危难的"菩提树"。不是神，还会有谁，在我午后散步的路上，安排了这一场突如其来的风雨。当时的我，正巧走到了校园中那棵最大的巨伞一般的大树的近旁。我奔向了它，而这个位置，恰好是风雨沙场的中心，我身处四面楚歌一般的风雨中，收获了与一棵大树之间心与心的交流。

这棵树下站过一个穿白棉布衣、蓝棉布裙的女子。除了我，当然还有很多很多的人。

在所有的批评家中，最伟大的、最正确的、最天才的是时间。

——别林斯基

春，草木萌生

纳西索斯花，中文译为"水仙花"。它在冬天未尽之时，就不怯寒风冷意，精神抖擞地长出肥壮的绿叶，很快盛开大朵的黄颜色花，在寒风中摇曳……

一场风雪之后，邑秋像盖了一床白棉被，太阳暖暖地照着，小镇暖洋洋地睡着午觉。

来到后院，同一片场地，却与冬时的萧瑟完全两样了。雪已融化，泥土松软湿润，草木萌生。玫瑰花的枝干颜色变得鲜活，尖刺也红润起来了。很多球根类的花已经破土而出，像小小的绿色的笋尖。

春天最早开花的，是沿着篱笆的一丛丛纳西索斯花（Narcissus）。它在冬天未尽之时，就不怯寒风冷意，精神抖擞地长出肥壮的绿叶，很快盛开大朵的黄颜色花，在寒风中摇曳。

纳西索斯花，中文译为"水仙花"，一直是我们江南人过年期间的室内盆栽水养花卉。它被誉为凌波仙子，是清新雅丽的代名词。淡淡的青白色的花，黄黄的花萼。

但室外的纳西索斯花，年复一年自生自长，是不需要照料的。在西方文化里，纳西索斯虽是"自恋"的意思，但关于纳西索斯的希腊神话，其实是一个哀伤的悲剧。

希腊少年纳西索斯并不是一个天生自恋的人。他在水中看见自己俊美的倒影时，以为是水里的女神，他就爱上了她。纳西索斯从来不知道自己的长相。他的命运从出生起就注定了——女巫说，只要纳西索斯照过镜子就会死。母亲小心百倍地呵护，他一眼镜子也没照过，直至在森林的湖边见到了自己的倒影。命运的诅咒降临了。

纳西索斯爱上了水里的倒影，为了与爱相聚以致坠河而死。直到死，他也没有醒悟爱的是自己。我想，让纳西索斯背负自恋的声名真是太不公平了。

隔壁的邻居在呼唤她的狗，走得很急，看到我大声跟我打招呼，说好久不见。的确如此，我在窗帘背后度过了一个足不出户的冬天。我回应她，今天天气真好，春天要来了，我们会常常见面！

另一边隔壁的邻居，院子中也有了动静。他们已经买来一棵花树要栽种，也许是在等待吉日动土，目前这棵花树横放在院中。

费城大学后山坡上的林子里，高大的木兰花树上，毛茸茸的花蕾已经簇立在枝头。山坡的地上，一处一处像是刨过坑、翻过土的样子。冬眠于地下的生命正在复苏，植物、动物、种子、虫卵，都在萌动，大地开始回春。

邑秋小镇的超市里，在 Garden Supplies 即园艺类供货区，已经摆上了各式各样的花盆、花槽、花架、花肥、营养土、园丁工具。还有很多颜色鲜艳的花园饰品，挂的、插的，很多都带有儿童画色彩和童话故事里昆虫的拟人化风格。

要是溯源希腊神话故事，万物萌生的春天是由春神克罗莉丝（Cloris）的神力所赐。

但是，春之女神克罗莉丝原先并不是一位神，也无神力，而是被西风之神泽费罗斯（Zephyros）爱上，一路追赶，终于追上，此时克罗莉丝挣脱不了，呼出的气息都变成了春天的花瓣花朵，从仙女成为春神——这一场景出现在意大利文艺复兴时期画家桑德拉·波提切利创作于 1482 年的画作《春》里。

1819 年，英国诗人雪莱在意大利佛罗伦萨近郊，写下了著名诗篇《西

 第三辑 栖木

风颂》（Ode to the West Wind），这首诗赞美了勇猛的西风，最后一句尤其意味深长：冬天已经来临，春天还会远吗？

今日重读这首诗，新的发现是 wind 风和 winter 冬，两个英文词是同源的。还有，雪莱这首诗，似乎隐含了西风之神追赶春之女神的典故，启示着大自然及世事破与立的较量、关联和必然更迭。

>>>
观察，观察，再观察。
——巴甫洛夫

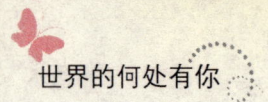

世界的何处有你

老橡树的最后一夜

日日夜夜，它在这里。枝杈向天空张扬，根深扎于地。面对老橡树在飓风中的这一出生命谢幕，人们神情肃穆，无言。它原来占据的地方，忽然就空荡荡的，这是留给邑秋人心头的失落……

玫丹薇路两边是精巧的小屋，屋前坡地上花草植物叠彩缤纷，古树遮天蔽日，浓荫重重。

一户人家门前的老橡树，挺拔高大。枝杈向天空张扬，根深扎于地。日日夜夜，它在这里。孩童稚嫩的手拍拍它粗粝的树皮，老人牵着狗走来，在树底下歇歇，更有小松鼠安家在树洞，伸头探脑，旋即一溜烟跑遍全树。

一个又一个时代过去。人们来了又去了，老橡树还活着，它是邑秋小镇上名副其实的老树，是饱经风霜的老者了。

这一年，大西洋上升起狂风恶浪，以一场暴风雨扑向美国东部地区。宁静的邑秋小镇进入了备灾状态。电视里反复播着警报信息和相关指南，让居民们把室外所有可能被大风刮跑卷走的东西拿进屋或固定住。邑秋人把门庭前的吊篮、盆栽、旗幡、风铃……这些美丽的饰品都收起来了，把食物与水储存在家中后就闭门不出了，等待狂暴的飓风过境。

黑夜降临了。灯火升起在无人的街上，夹杂着呼啸的风雨。老橡树在风雨中摇晃，它屏住气，任凭风刀雨箭的砍伐。地下的泥土在裂开，头顶的夜空在倾斜，它终于忍不住发出满枝叶凄厉的呻吟。老橡树就在这一夜忽然之间垂垂老矣。它知道，此刻将与世界告别。今夜是它的最后一夜。

第三辑 栖木

　　轰的一声——但是这一声被疾风骤雨湮没,老橡树倒下了。比起这一夜的风速,老橡树的倒地是缓慢的;比起这一夜的雨声,老橡树的伏地是安静的。

　　邑秋的人们忽然感到了什么,脚不由自主地踏出家门,奔向风雨中的玫丹薇路。老橡树倒在那里。它庞杂硕大的根翻出路面,地下留出一个深深的大坑。它向着空空的路中央栽倒,落地时奇迹般没有伤及房屋、车辆等无辜。

　　人们神情肃穆,面对老橡树在飓风中的这一出生命谢幕,无言。屋门前有老橡树的这户人家,女主人怀抱着她的孩子,怔怔的。

　　第二天,风雨停了。阴沉沉的天色下,满地黄叶及大大小小的断裂树枝。

　　从老橡树倒地起,就惊动了镇上的人,也不知道是由哪一股莫名的神秘感应。人们接着风闻而至。最后到的是一个工人小组,他们接令来清理道路,把倒地的老橡树搬走。

　　这真是一个很大的工程。老橡树粗壮、硕长,分支庞大,所以先得把老橡树截成一段一段。电锯驾到老橡树身上,刺耳地开动,装载车随后就位。玫丹薇路一个下午成了伐木工场。

　　老橡树的离去触动着邑秋人的心。原本铺天盖地盛大的一棵树,化作了一车木材和木屑,离开了。它原来占据的地方,忽然就空荡荡的,这是留给邑秋人心头的失落。

　　后来,屋前有老橡树的这户人家,立了一个售房的牌子。有人议论:是不是老树倒下造成了路基松动?房子不牢了?但我还是忍不住想,是否那一夜老橡树在离去的最后时刻,发出了生命崩裂的声音,所以房屋的主人因无法从伤逝的冲击中走出而选择搬家,也未可知。

岁不寒,无以知松柏;事不难,无以知君子。

——《荀子·大略》

世界的何处有你

一封育树人的信

亲手种植一棵树的热切与快乐是巨大的。一条林木夹道的路，让我们忙碌生活形成的孤岛与失却的精神绿洲之间，有了通道。

邑秋小镇的报纸《邑秋人报》有一个栏目是读者来信。最近登载的是费城大学一名学生写给编辑的信。我很受感动，也很想加入 EFTT 组织，这是我的兴趣所在。我小时候曾向往当一名植物学家。

EFTT，全称是 East Falls Tree Tenders，这里 East Falls 就是我们小镇的名字"邑秋"，Tree Tenders 则可以翻译为"育树人""悉心照顾树的人"。这是一个组织，由费城大学的学生发起，招集了邑秋居民志愿者，以植树、护树为责任的一个团体。

费城大学是一所具有一百二十多年历史的私立学校，坐落在思古河畔的高坡上。校园里幢城堡式的古楼，曾是宾夕法尼亚州首富威廉·韦特曼的宅邸，名雷文山公馆。韦特曼先生是化学制品工业家，是将"奎宁"从欧洲引进美国的元老。韦特曼去世后他的女儿将豪宅捐给天主教教区。后来开办了一所雷文山女子学院，原菲律宾总统阿基诺夫人少女时代曾在这儿求学。到 1982 年，毗邻的费城纺织工学院兼并了雷文山女子学院，并在 1999 年更名为费城大学。

站在雷文山古堡前开阔的地上，向南望去，远方，费城的城市天际线尽收眼底。近旁，思古河蜿蜒流淌，右岸是郁郁葱葱的菲尔芒特公园，一直向前延伸；左岸是一幢幢屋舍相连相挨的邑秋小镇。

让我们来读一下这封信。全文翻译如下：

致邑秋报编辑：

我是一名在费城大学主修环境可持续性（Environmental Sustainability）专业的大学生，我有幸加入了EFTT，成为一个照顾树的人，这也是我本学期的课程"社区服务入门"所要求的一部分工作。跟这些育树人一起做志愿工作，真是一份受益丰厚、启迪良多的宝贵经验，它帮助我更好地了解和热爱邑秋这个社区。

辛西娅，我们组织的领头人，是个真正情系社区，并专心致志热爱树的人。她教导我，种树的意义不仅仅局限在显而易见的几个方面，比如人所共知的自然科学事实：树能够提供氧气、吸收二氧化碳、缓解水土流失。不，植树的进一步意义，从社会学角度看，在于满足人们的心理渴求：一条林木夹道的路，提供的是人与自然相连的纽带，我们忙碌生活形成的孤岛与失却的精神绿洲之间，有了通道。

诚然，EFTT只是一个小小的自立组织，但它给社区带去的将是长远的影响。对于广大志愿者服务社区、保护植物的热忱之心，我在参加了社团的几次活动后就有了深刻体会。这些照顾树的人，可谓赤心可鉴，拿出自己大量的时间和精力来做事，力图改善我们生活的这一区域。一次，在我随同辛西娅去圣布里奇特教堂开会的路上，她不时兴奋地告诉我："瞧，这是一棵育树人之树。"此言一路上不绝于耳。

亲手种植一棵树的热切与快乐是巨大的！我在11月18号和队友一起种了三棵树，在蘅蕤路和弥德维尔街的交叉口。每一次，当我走过那儿，我的心就怦怦直跳，我总要走上前去，细细地看这几株又长高了的小树，喜不自胜。那次植树是一个很大的行动，邑秋的育树人和我们费城大学的学生，联合出手，共栽种了四十棵树。

我在育树人组织度过了美好的时光！我心情激动地等待着又一个春天的到来！

费城大学艾蓝·考柯斯

不登高山，不知天之高也；不临深溪，不知地之厚也。

——《荀子·劝学》

雪地里的鸟儿

头上根深叶茂的大树就是鸟儿的家。原来美国人养鸟是让它吃饱、飞远。鸟儿还是鸟儿,享受着无拘无束的自由。鸟儿不怕人,它们以活跃的身影、呢喃的歌唱,陪伴着人们……

我们有一户邻居,他们前院的一棵树上挂着个精巧的鸟笼。

这个鸟笼是为了装饰的吧,将院子和树打扮得更有乡村野趣。邑秋小镇上,有养猫、养狗的,从不见养鸟的。

没想到,这个鸟笼,真正的用途正是养鸟。确切说,你可以把鸟类美食放在笼里,供鸟儿们飞来啄取。那天我在邑秋小镇日用杂货超市卖宠物饲料的架子上,瞥见有一个包装袋,印了幅笼子外的鸟儿啄食笼子里食物的画面,这下恍然大悟,邻居的鸟笼不是关小鸟的,而是放鸟食的。

这样的设计果然好,只有鸟儿尖长的嘴、娇小的头颅和灵活的脖颈,才能从网格里伸进伸出。松鼠就只有眨巴着乌溜溜的小眼,看着笼中美食,舔舔嘴唇,却钻不进去。

原来美国人养鸟是让它吃饱、飞远。鸟儿还是鸟儿,享受着无拘无束的自由。我深受感动,以致再碰到家里的车停在树下被鸟拉了满车窗的屎,我也不像以前那么愤懑了。头上根深叶茂的大树,本来就是鸟儿的家。

某一夜想起以前的那些诗句,王维写到:夜静春山空,月出惊飞鸟。

第三辑　栖木

我忽然很佩服鸟儿对声音和光影的极致敏感。鸟，一下子撞击了我的心灵，它的脆弱、轻盈、敏锐和速度，无不冲击着我。

我的世界里从此有了鸟。车子启动的那一刻发出的震颤和响声，让栖息在树上的鸟儿四处窜飞，它们的惊慌叫我非常不安。以前，我对树上这一类的动静是浑然不觉的。当鸟儿驻进我心里，就时时存在于我的神经上了。

但邑秋的鸟儿绝对是不怕人的，它们很喜欢与人亲近。你看，邑秋小镇麦克迈克尔公园前的长条木椅周围，蹦跶着好几个鸟儿，它们在椅子上和地上蹦蹦跳跳、叽叽喳喳，顽皮而热情地陪伴着坐在那儿等公交车的小镇居民。它们活跃的身影、呢喃的歌唱，把小小的车站变得像舞台一样有旋律、有动感。

秋天的时候在小镇上散步，路边的草丛里常常会冒出来一个、两个肥胖得成了球状的鸟儿，它似乎都跳不动了，从草丛里翻滚出来。它们在路上站着，我看到它们变了样的身材，根本不敢相认。我担心地想：没事吧，怎么吃得这么胖啦？

自然界充满神奇的规律与生命本能。秋天是鸟儿们最后的饱餐季节，它们积足了满身厚脂肥油，去迎接一个漫长而寒冷的冬天。

在清扫后院落叶的时候，我有些犹豫了。这些落叶底下的土壤，因为落叶的覆盖而保存着泥土里的温暖，也因此有一些虫子可以躲过严冬。冰雪季节，光秃秃的树上再没有可吃的，鸟儿们纷纷躲进落叶堆里和枯草丛中，取暖、觅食。这些落叶的自然使命是做越冬鸟兽们及土壤的被子。这样想着，我尽量保留了树底下和泥土上覆盖的落叶，只把飘散在路面上、砖地上的落叶清扫了。

冬天来了。狂风暴雪来了。邑秋小镇白雪皑皑。千山鸟飞绝，万径人踪灭。

冰天雪地里出现了一个一个鸟笼，不，鸟食笼子。邑秋人为鸟儿精心准备了美食。最适合在冬天吃的一种鸟食叫 suet，即牛羊板油，特别抗寒。在河畔，在山谷溪流边，在校园，在公园，在空旷的水库岸上，都置放了鸟食笼子。

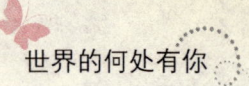
世界的何处有你

邑秋小镇人家的后院里,常常能见到厚厚的雪地上留下一些不明脚印。也许来过了狐狸、野鹿、野兔、松鼠、啄木鸟,人们从这些足迹里获得惊喜。碰巧的时候,窗内、窗外,人与动物,分隔在暖和与寒冷的两端,被对方吸引而深深对视。人和动物很近,但也很远。似曾相识。

朋友,来吧,我为你准备了食物。——我想如果鸟兽们能够看懂文字,那么邑秋人家的院子里家家都会有这样的告示牌。

登高而招,臂非加长也,而见者远;顺风而呼,声非加疾也,而闻者彰。
——《荀子·劝学》

为一棵树忙碌

为一棵树忙碌，当然是天经地义的。这是人与自然之间关系的建立，是生活中值得拥有的体验。在邑秋小镇，人们为一棵树奔忙受累，从春夏到秋冬……

儿童书作者和插画家谢尔·希尔弗斯坦所作《The Giving Tree》，中文译名《爱心树》，讲的是一个孩子和一棵树的故事。树把一切奉献给孩子，快乐地，毫无保留地。

在邑秋小镇，更常见的是相反的情景，人们为一棵树奔忙受累，从春夏到秋冬。

春天栽下一棵小树。小树两边要立两根木桩，用保护带把树和木桩栓一起，大风吹来的时候，小树身旁的木桩就像有力的臂膀一样扶着摇摆的小树，不让它倒下。小树在春风春雨中长出枝条与叶子。

夏天，太阳烈火般烘烤着大地。成长中的小树感到又热又渴。人们用一种绿色的（tree watering bag）树木浇灌袋，给树喂水。这种设计完全就是我小时候曾有过的一个梦想的实现。

小时候我给小树浇水，先要在树根周围挖一圈槽，储水用的。水慢慢就能渗入地下，到树的根须上。如果直接把桶里的水浇在树根上，那么水就会很快淌开来，流失到别处去。为了让树根吸收到水，得耐心等候水渗下去，然后再修一下槽，再加水，如此这番，很费时间。我就想过：要是在树根上绑一个大水袋，让水袋里的水慢慢流入树根下的土里，那多好哇！

我想到的这个发明，邑秋人就在使用，这样的浇水设备可以从店里买到。一个绿色的类似蛇皮袋的大袋子，环绕着树，注水后袋子鼓起来，积储 20 加仑水，然后涓涓流淌 5~8 个钟头。每次用前，只要将袋子再注满水就行了。水里面还可以加入植物需要的营养素，这样长出来的叶更浓绿，树干也更粗壮。

到了秋天，最辛苦漫长的活来了，那就是扫落叶。近些年，小镇上开展了一项"自扫门前叶"的环保活动。

人们首先需要到店里买来棕色纸袋，专门装落叶的。家家户户像农忙抢收一样，在院子里弯腰拾掇，把满园落叶不时地装于袋中，装得一大包一大包的，摆放在门口，等待专运卡车到来，载着这些落叶离去。一棵大树往往需要一个多月时间才把满身的叶子落尽。"自扫门前叶"活动要持续六个星期。

城市部门把落叶收去以后，将用于制作混合肥料，也就是"化作春泥更护花"，给第二年春天的花木当沃土、输送养料。

为一棵树要做的事情，远远不只是上述几件。你要关注它从土壤里汲取的营养够不够，它往空中生长的那些枝节妥不妥。

随时准备为它施肥，一个季节至少一次。去店里或上网买来一包"树肥"（Tree Fertilizer），打开，可以看到一支支子弹形状的营养剂。得把它们一枚一枚钉入土壤里，范围是：以树根为圆心，直径参考树冠大小，大致就是这样一个圆圈以内。这些营养剂将融化在土壤里，被树的根须吸收，输送到树的全身每一处去。

给树修枝剪叶，不仅美化外观，也利于树的生长，而且有时候还关乎安全。常常见到邑秋人花去一天时间在修剪，不仅要使上大力气，也要付出耐心，因为剪下的枝叉茎干，得再剪成一小截一小截的，放入纸袋子等候收走。

为一棵树忙碌，当然是天经地义的。这是人与自然之间关系的建立，是生活中值得拥有的体验。

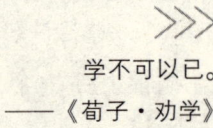

学不可以已。
——《荀子·劝学》

第四辑

拾趣

麦格拉斯先生的前世说不定就是一位中医。他长期以来提倡植物辅助疗法，说植物可以帮助我们减轻抑郁、治疗精神创伤……

世界的何处有你

谁偷走了"圣诞快乐"

街口有一家教堂,门庭深锁。它心事满腹地沉默一隅。怪兽 Grinch,是个心胸狭隘的隐居者,他的心脏只有正常人的四分之一大。难怪他那么妒忌别人的幸福……

　　后院对面一家邻居,圣诞节的装饰、布置至今未撤,两个大大的猩红色绒布蝴蝶结,一直在木栅栏上缀着,也许要到院中的花树开花时,它才退场吧?

　　我小时候是没有人过圣诞节的,只在外国童话故事书里,能读到圣诞节。孩子们欢笑嬉戏,圣诞老人慈祥地送礼物,冬天下着雪,却温暖而浪漫。这些就是对圣诞节的最早的印象。

　　第一次获得关于圣诞节的深刻记忆是在读欧·亨利的小说《麦琪的礼物》之时。这篇小说的每一个场景、每一句话,都给十几岁的我带来了巨大的心灵震撼。

　　"明天就是圣诞节,她只有一元八角七给吉姆买一份礼物。"……德拉卖掉了自己最引以为傲的美丽秀发,换来二十美金,给吉姆买来一条白金表链作为圣诞节礼物。"我卖掉金表,换钱为你买了发梳。"……在交换礼物的一刻,两人互赠的是比礼物更珍贵的爱。

　　邑秋小镇的 12 月,老学院剧场上演经典圣诞剧,麦克迈卡尔公园点燃烛光晚会,商店里圣诞节饰品琳琅满目。家家户户把院子、房屋、树木打扮得赏心悦目。

街口,却有一家教堂,门庭深锁。它心事满腹地沉默一隅。

我每次走过都心生疑惑,觉得这里大有隐情似的,于是便去探究,揭开了谜团。这儿原本是一个古老的教堂,叫"救世主路德教会",是一个福音派的基督教会,归属于美国福音信义会(Evangelical Church in American)。这个古老的教堂曾经体面而富有,它的银行账户上曾有过一笔巨额捐赠。然而,最近十年,教堂似乎陷入了财政危机或丑闻,其原因与真实性皆不为公众所知,并且与上级——美国福音信义会产生人事冲突。拉锯三年,流言与毁谤四起。2011年底,教堂空置。

悲情的流亡教徒,只能向别人借了场地,办晚会过圣诞节。这倒也算是一台别具意味的化妆晚会,名叫"Whoville Party"。

Whoville 是美国最著名的儿童书作家苏斯博士(Dr. Seuss)笔下的一个小镇。在这个镇上,人们生活得恬静愉快,也都喜欢过圣诞节。绿色怪兽 Grinch 却出于妒忌,跑到小镇上去破坏圣诞节。但 Grinch 最后与 Whoville 小镇上的女孩子 Cindy 成为好朋友,让他找回了一颗美好的心灵。

现实中有多少纷争,多少分道扬镳,童话中就有多少和好。

失去教堂的人说要重振他们的教堂;而另一方也说将重建教会,让它走上正轨,造福于邑秋社区。

复杂的人世间,在圣诞节随处涌动的欢乐中,潜伏着暗流。2011年的圣诞节期间,忽然兴起一股风气,人们见面不再说"Merry Christmas(圣诞快乐)!",而改口为"Happy Holiday(节日快乐)!"罗德岛州州长在一项公开活动中,因为害怕其他宗教信徒的指摘,竟然把圣诞树叫作"节日树",结果激起民愤,怒斥说:"圣诞树就是圣诞树,它过去一直是,将来还是。不管那个小丑说什么,它就是圣诞树。"

苏斯博士的故事中那个怪兽 Grinch,是个心胸狭隘的隐居者,他的心脏只有正常人的四分之一大。难怪他那么妒忌别人的幸福,存心要去偷走 Whoville 镇上人们圣诞节的快乐。而在现实中,偷走"圣诞快乐"的又是谁呢?

锲而舍之,朽木不折;锲而不舍,金石可镂。

——《荀子·劝学》

世界的何处有你

十二个红辣椒

不管是街头的饭馆,还是家中厨房,有一道汤都大行其道,那就是著名的牛肉末杂豆番茄酱辣味浓汤。这杂烩汤的起源恰与穷人生活相关……

红色尖辣椒两个两个搭成八字,排了一行。数一下,共6个八字,计十二个红红的辣椒。下面,一个金黄的陶土钵头,盛着满满一锅热气腾腾的浓汤。

——这是邑秋 Chili 浓汤烹饪比赛的一张广告。

每年一度,春暖花开,浓汤烹饪比赛便在紧邻老学院剧场的 Sherman Hall 举行。周五的夜晚,端锅举盘携勺的邑秋厨师和家庭主妇,从各路赶来。街坊邻居也闻风而至,为品尝美食,同时也为参赛者助兴。

Chili,红辣椒,上了菜单就是一道菜名——美国著名的牛肉末杂豆番茄酱辣味浓汤。不管是街头的饭馆,还是家中厨房,这道汤都大行其道。以我拙见,美国中餐馆的酸辣汤,能够坐稳汤位不下台,原因是美国人早就与 Chili 汤"物我合一",正是这种 Chili 汤文化,让美国人在心理上将酸辣汤认作中国的 Chili 汤,很容易接纳。

做 Chili 汤必然放番茄酱、红辣椒粉和豆子,从而形成了酸、辣、甜的口味。至于放不放肉糜,加入哪些别的食材,则完全取决于个人发挥了,所以煮出来的汤,最后在味道、浓淡、外貌上各有差异。可以说,

Chili 汤实际上是一种杂烩汤。在出锅盛碗的时候，美国人还爱把苏打小饼干放入 Chili 汤，将浓汤和软化的饼干一起喝下，这大概是非常充饥的。

这杂烩汤的起源恰与穷人生活相关。相传德州的一个美国穷人用仅有的一点肉末，混合了大量的豆子做出一锅 Chili 汤供全家食用，没想到从此 Chili 汤流传于世。Chili 汤甚至成为德克萨斯的名特产。

美国各地都举办精彩纷呈的 Chili 汤大赛。汤的主人给自己独创的 Chili 汤取了五花八门的名字，什么"酩酊大醉 Chili 汤"，"淘金热 Chili 汤"，"无主见家伙的 Chili 汤"之类，听起来这些名字完全不着边际，你可别小瞧了其中的用意哦。

这"酩酊大醉 Chili 汤"，自然还是好懂的，无非是说这汤如何鲜美，令人陶醉。或者也隐含着这汤连嗜酒如命的醉鬼都爱，更遑论他人。

如果光从名字来决定点哪一个汤，我是会选择"淘金热 Chili 汤"的，因为它让我心头一热，瞬间好像望到了那条尘沙滚滚的淘金路上，跋涉者与恶劣的地理与气候搏斗，饥寒中燃起篝火，煮上一锅 Chili 汤，冻僵的心，也慢慢温热。

淘金路上的 Chili 汤，一如既往地体现了它的草根精神。我想，Chili 汤是走过了淘金路而延伸到全美每一个角落的。

"无主见家伙"的英文原词是"copycat"，常见的翻译是"机器猫"。英文里，习惯用"机器猫""鹦鹉"来形容一个人无主见，盲从、抄袭、模仿别人。所以，把自己煮出来的 Chili 汤命名为"无主见家伙的 Chili 汤"的人倒是一个很诚实也有自知之明的人。

邑秋小镇的 Chili 汤烹饪比赛，要求参赛者们在家完成 Chili 汤的制作，带到比赛现场，接受评审团成员的品尝。小镇居民，爱厨艺的好凑热闹的，分批结对到场。他们走到某个摊位前，立即受到热情摊主（参赛者）的笑脸相迎。根据参赛规则，吃的人有知情权，可以详细打听汤里面到底下了什么食材和调料，以此根据自己的饮食禁忌，决定吃还是不吃。参赛者必须据实相告，不得支吾其词。

专家的评审跟群众的投票似乎永远是不一致的。参赛者们最想获得的反而是"民选奖"（People's Choice Award）。每颁布一个奖项，人群就热

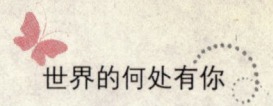

情地为获胜者鼓掌,而最大的欢呼声响起,则是为了给"人选奖"获得者以热烈的庆贺!

赛后,邑秋居民表达了他们的感受:"这是一场大伙儿能负担得起,非常实惠的街坊邻里聚会。没有人来此是为了显摆自己的炊事之能。这么多家庭参与今晚的活动,孩子们可真是高兴。"

>>>

吾尝终日而思矣,不如须臾之所学也;吾尝跂而望矣,不如登高之博见也。

——《荀子·劝学》

一"赌"永赢的红番茄

到底什么方法能种出一赌永赢、天下第一的红番茄呢?"把鸡蛋壳存起来,这才是有用的东西。"麦格拉斯先生对邑秋人如是说。麦格拉斯先生不仅传授用之有效的园艺之道,更传递了温暖、深厚的自然情怀与哲学精神。

  费城大学校园的一块菜地里,种着番茄、南瓜。远望一片碧绿,走近了看到番茄植株已挂满了番茄果,青青的。

  再过些时候,番茄红得鲜艳,南瓜花开得灿黄,美妙无比。

  每年八月,邑秋将到处是红色的番茄,而进入十一月,满眼是金黄的南瓜,大的,小的,刻了笑脸的……夏的番茄,秋的南瓜,这是固有的自然与生活,由来已久。

  美国人普遍爱种番茄,如中国人种蒜栽葱。番茄酱是美国人厨房的必备调味品。如何把番茄种好,也成了人们关心的话题。邑秋小镇特意请来园艺种植专家给大家传授经验。

  谁呢?Mike McGrath,费城人一定都熟悉他,著名园艺节目 You Bet Your Garden 连续十多年的主持人,他的书畅销各大书店园艺柜台。麦格拉斯先生在邑秋的这场 Talk Show(脱口秀)叫作 You Bet Your Tomatoes。

  在翻译这个句子的时候,我简直绞尽脑汁,试了又试,都找不到能很好地传达原意的中文,最后译作——"赌"永赢的红番茄,似乎还可以。

英文原句大体是这样的意思：你可以用你的红番茄来下赌，你不会输了它们。也就是说：拿你的红番茄来赌吧，它能替你赢。显然麦格拉斯先生想说的是：你可以打赌你的红番茄是最棒的，只要你按我教你的去种。

到底什么方法能种出一赌永赢、天下第一的红番茄呢？绝对不是从超市买来人工合成的化学无机肥料，浇灌你的蔬菜。麦格拉斯先生说，那方法种出来的番茄毫无味道。"把鸡蛋壳存起来，这才是有用的东西。"他对邑秋人说。

原来一赌永赢的红番茄首要条件是有机种植，完全不用化肥、农药、生长调节剂等合成物质。

到底如何使用这些鸡蛋壳？最关键的是将它们埋入地下，在你种植每一株番茄苗的时候，你要将一打鸡蛋的碎壳埋入你挖好的坑里，然后种上番茄苗。此时，听众中一位急性子着急地问："我的番茄苗长膝盖高了，我该如何补救是好？我还有机会用蛋壳吗？"

——所幸，为时不晚，还来得及！这位邑秋人欣然微笑。

我听说，很多人喜爱麦格拉斯先生及他的节目，原因在于，麦格拉斯先生不仅传授用之有效的园艺之道，更传递了温暖、深厚的自然情怀与哲学精神。

在9·11事件发生后的那一晚，麦格拉斯先生回忆道，他迫使自己在初秋微凉、瓜菜丰收的园子里走三四个钟头。园子里丰茂、安宁，虫儿唧啾，枝叶低语，那场不可思议的灾难，在这里无影无踪。"如果没有月光下这些绿色生命的陪伴，我的世界也会像双子塔一样倒下……是植物让我振作。"麦格拉斯先生在他的节目中倾诉。

植物可以帮助我们减轻抑郁、治疗精神创伤。植物、自然，是最好的药剂。麦格拉思先生长期以来提倡植物辅助疗法。

我感到麦格拉斯先生的前世说不定就是一位中医。

八月快到了，邑秋每一家院子里都将结满成熟的红番茄，厨房的桌台上将放上最新摘下的。从一株幼小的秧苗到结出鲜艳的红果实，多么不可

思议的生命奇迹。

我忽然想到 You Bet Your Garden。You Bet Your Tomatoes 是不是还可以解读为：打赌吧，这荒芜之地，必将满园丰收！打赌吧，所有的番茄苗都将硕果累累。

虽有嘉肴，弗食，不知其旨也；虽有至道，弗学，不知其善也。
——《礼记·学记》

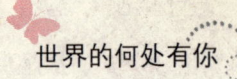
世界的何处有你

都铎风格 vs. 法式门

自己的住宅区有幸登上"历史街区"名录,意味着房子的历史价值、鉴赏意义得到了公认,这当然是好事,别的街区的人唯有羡慕呢,但艾德先生却叫苦不迭……

后面一条街上住着一个想装修房子的艾德先生,他最近气不打一处来,既把费城史管会唾骂一通,又捎带把前两条街的邻居们挖苦了一番。来看看是怎么回事。

艾德先生住在 West Queen Lane——西部女王街上。西部女王街、西宾恩街、玫丹薇路,是三条平行的路。艾德先生所住的 block 跟前面两条街的两个 block,在 2009 年被划为费城历史街区。自此,三个 block 上共二百一十户人家住在"文物保护"级别的建筑里。

这些房子都建于 1925 年至 1931 年,带着浓郁的英伦风情,建筑史上称为都铎复兴风格。都铎王朝是中世纪统治英国的一个王朝。红砖、烟囱式样的屋舍,就此成为经典的田园风格。二十世纪初的都铎复兴风格就是对中世纪的茅草屋或乡间别墅的怀旧。

这些房子被划为历史街区之前,已闻名遐迩。人们只要见过这些童话般的房子一次,就再也忘不掉。

整个费城总共有八处住宅区有幸登上"历史街区"名录。邑秋这三个 block 是最新上榜的。被评定为历史街区,意味着这些房子的历史价值、鉴赏意义得到了公认。这当然是好事，别的街区的人唯有羡慕呢，但艾德先生却叫苦不迭。

他想要把家里的门窗整一整，旧的换新的。艾德先生是知道的，自己现在住的是"历史街区"，任何跟房屋外观有关系的装修工程，哪怕是小到更换一扇窗，都必须向史管会申报，征得同意才可以动手。否则的话，户主方连搭施工方，就都惹上了麻烦，是躲不掉的。

不能对房屋外观有改变，这是历史街区的装修原则，艾德先生能接受。但他万没想到的是，自己提出的简单更换，到了史管会竟复杂化了。史管会的人来这个街区看过后，跟艾德先生说，你现在的门是"法式门"，窗子也不是原来的样子，如果要换，恐怕得换回"都铎式"的才行。

哎呀，这可是艾德先生压根儿没想到的。他住进来的时候就是这样的门窗，怎么评上历史街区后，要换就得换成它初始的模样？

艾德先生一开始很不服气，后来也只能认了。他请教史管会原先的门窗是什么样的。史管会拿不出九十年前的照片，但不妨碍他们旁征博引，振振有词，说道："我们相信……""由此可以见证……""极为可能的是……"最后艾德先生听到的是：

"我颇有把握，你以前最像是有过……的门窗。"——I can assume that you most likely had…

到了这个时候，艾德先生火冒三丈。他告诫史管会没有证据就不要乱说话。史管会的态度由硬变软，说话分寸大大收缩，出现了诸如"我猜……""我想……""……可能吧"之类。

同时，史管会没有忘记给艾德先生更具体的信息，他们细致入微地告诉他，窗玻璃上的分隔条是在向外一面的，切记。艾德先生找遍费城，却发现这样的玻璃窗根本不存在！玻璃工坊的人跟他说："既然没有现成的，那就定制吧。"一问价格，艾德目瞪口呆，1850 美金一扇。

跟史管会打交道的一年半载里，艾德先生领教了他们的主观与随意。什么明文规定也没有，就七嘴八舌指手画脚，临时设置一道又一道铁箍，

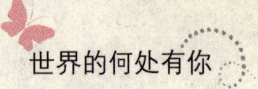

世界的何处有你

让人钻进去。

艾德先生气呼呼地跟西宾恩街、玫丹薇路上的街坊邻居说:"等着吧,总有一天我们同病相怜。哼,要不是当初你们多事儿申报什么历史街区,哪有我今天这倒霉罪受?祝你们好运吧,要是下次你也要翻新门窗。"

书山有路勤为径,学海无涯苦作舟。
——韩愈

流浪汉的背囊

一根松树枝挑起背囊走天涯,风尘仆仆,自由不羁,现代文明旅行于是有了一种中古式的放逐与流浪。所有的精心设计都不敌乔希的返璞归真。谁也比不上乔希的不留凿斧之痕。

世界上最简陋的包莫过于流浪汉的背囊了。

它扛在肩上像一个旧麻袋,流浪汉背着它,拄着一根木棍拐杖,浪迹天涯。

邑秋小镇上费城大学的研究生设计了一个流浪汉背包(Hobo-Style Bag),在费城美术馆主办的年度设计比赛中获奖。这款设计忠实地照搬了流浪汉的行头,不仅是一个松垮垮的背囊,而且还有一根曲头拐脑的木棍——它现在成了一根挑担,流浪汉正挑着背囊走在乡间。

设计者乔希说,他的设计是希望唤起人们对徒步旅行的向往。他所采用的粗麻布和松树枝都是可持续原料(Sustainable Materials)。事实上,这个设计是他在费城大学一门叫作"绿色材料"(Green Material)的课上的作业。老师夸赞他的设计具有万古常新的品质。

正巧,他看到费城美术馆举办的克莱伯设计比赛今年的主题是:给现代社会的旅游者设计一款功能、情趣两全的旅途背包。乔希动心了,寄上了自己的作品。组委会共收到来自纽约、费城各地共115件作品。乔希的流浪汉背囊一举进入胜出名单。

落选的设计里面,估计有不少我们常见、常用的,例如,在面料上下功夫,制成防雨的或在夜间发荧光的,也可能在颜色上使劲,仿森林木

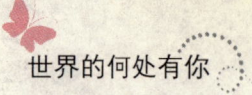

色，仿动物斑纹，还有的注重内部，缝了大小不一各种尺寸的口袋，方便人们放手机、放钥匙、放钱包、放这放那的。

然而，所有这些细致入微的精心设计都不敌乔希的返璞归真。谁也比不上乔希的不留凿斧之痕。

一根松树枝挑起背囊走天涯，风尘仆仆，自由不羁，现代文明旅行于是有了一种中古式的放逐与流浪。

世界上最自由的人，莫过于流浪汉。欧美的童话书里，常常能读到流浪汉的故事。恰佩克童话中甚至有一个流浪汉的名字就叫弗朗蒂歇克·国王。欧美民间流传这样的说法：如果这个世界只有两种人真正拥有广阔的疆土、阳光和空气，那么一种是国王，另外一种人就是流浪汉。

童话故事里的流浪汉快乐地周游四方，到过世界各地。

给成人读者看的小说中，有一类流浪汉文学，故事却很悲怆。主人公是生活在残酷现实里的底层人物——流浪汉，他们是孤儿、私生子、弃儿这样的人，童年辛酸悲苦。冷酷的世道让他们沦为无业游民，撒谎、诈骗，再也不复童年时代曾有的天真、善良。

这一类故事里的流浪汉潦倒地露宿街头，无家可归。

浪漫的童话和悲惨的现实，交织出流浪汉在我记忆里的悲喜人生。我们每一个人的生活，其实也永远在理想与现实中撞击。克莱伯设计比赛制定了一个两难的原则——功能、意趣真能两全吗？乔希的流浪者背囊获奖，似乎是源于评委们把票投给了我们所失落的——意趣。

>>>
自尊不是轻人，自信不是自满，独立不是孤立。
——徐特立

给沃利念故事

无论是念的孩子,还是听的孩子,大家所关心的却都是沃利,要确信沃利听懂了他们的故事——而此时,沃利听得入了迷,全神贯注地等待着下一个句子、下一个故事。

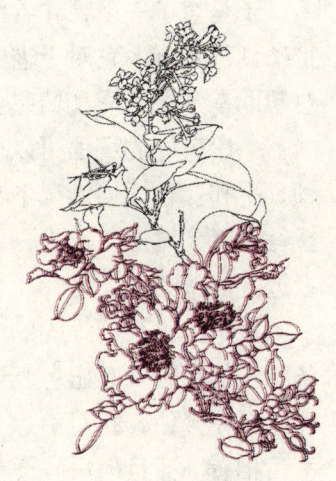

邑秋小镇上的不少孩子都认识 Wally. 沃利,它是一条温顺的狗。

下午四点多,放学后的时光。沃利在古老的公共图书馆童书阅览室等待着孩子们的到来。它背上的毛棕黄,四蹄黄白相间,大耳朵软软地耷拉着,见到生人投以镇定自若的一瞥,神态可亲。

沃利是这间阅览室的常客了。孩子们已经跟它成为好朋友,就是在第一次与它见面时,也会立即建立交情。

孩子们陆续进来了,鲜艳可爱得像春天的花儿。沃利吐舌头、摇尾巴,团团转,接受着孩子们咋咋呼呼的问候、拥抱和抚摸。沃利感动得鼻子里哼哧哼哧的。图书管理员适时拿来了几本儿童书。几个孩子席地而坐,人手一本。这个开始念,磕磕巴巴,念完,那个开始念。无论是念的孩子,还是听的孩子,大家所关心的却都是沃利,要确信沃利听懂了他们的故事——而此时,沃利听得入了迷,全神贯注地等待着下一个句子、下一个故事。间隙中,它还会发出一些含混不清的声音,似乎在对孩子们说:"Good job!""Nice story!"于是孩子们为自己的成就陶醉了。

我第一次看到这样的阅读场景时,哑然失笑,但并未真正了解一条狗和一群孩子之间到底有着怎样的关系。

直到后来为查找图书馆活动安排,想勾出一些我感兴趣的项目时,一条小小的信息跳入眼帘：念故事给沃利，the therapy dog！我就一怔，怎么？沃利是"治疗犬"这是什么意思？

于是查了一下，才弄清楚治疗犬跟一般宠物狗的区别。治疗犬是经过特殊训练的狗，它对于老弱病残者来说，几乎充当着贴身护士的角色。它对帮助有学习障碍和情绪症结的人，也起着不可估摸的作用。

一串美好的词语可以用来描述治疗犬的性格：友好、耐心、自信、温顺、平和。在任何情况下都安然若素。而且还要求它们对人类的触摸与爱抚行为感到愉悦。作为一条治疗犬，最重要的素质是允许陌生人的碰触与亲近。

最早的关于治疗犬的感人事迹当追溯到二战时期。美国陆军部队中一条狗在伤兵医院有出色表现，对抚平战士们的创伤起了巨大作用。

看完介绍，我对治疗犬肃然起敬，对邑秋小镇图书馆的常客沃利更是刮目相看。而且随后我逐渐认识到，沃利身边的这些孩子，都多少有些心智发展障碍，有的非常胆怯，不敢大声朗读，有的见到猫狗就躲躲闪闪，不敢伸手。而温存憨厚的沃利，与孩子们有着天然的亲和力，平时自闭害羞的孩子，在它面前却愿意读故事给它听，也愿意敞开心扉拥抱它。

是孩子稚嫩纯洁的心，相信一条狗能够懂得人的语言。是不以敌意和戒心来武装自己的两个善者，架起了一弯跨越语言与种族的柔情彩虹。

>>>
风光的背后，不是沧桑，就是肮脏。
——安道然

河岸的行人岛

你开着车经过我们小镇,得把头向着肩膀倒下90度,才能以正常阅读视角来看这个镇标。那么像哈文斯这样的设计师真的是草包吗?请听他的回答吧……

邑秋是思古河边的一个小镇。一条河,一座桥,一个倚着山势而上的古老小镇,风景独好。

河岸边常有人在钓鱼,也有跑步和骑车的人经过,整个河边区域是菲尔芒特公园的延伸。河上的桥是淡绿色的,在浓绿的丛林和碧波的衬托下,它常常给人错觉,像是白色的。小镇上的房舍挤挤挨挨的,餐馆、商店、住家、电线杆、公交车,景象琳琅满目。

人们经过这里都会被它古朴又鲜活的气息打动,可这是个什么地方,却不得而知。路边没有任何标识(sign)将一个地名——East Falls,告诉来来往往的人。

当消息传出,在河岸与玫丹薇路的交叉口,将建立一个行人岛(Pedestrian Island)并树立 East Falls 标识,这时最激动的是邑秋的居民,大家忽然意识到这正是自己多年的设想。

请到的设计师是柯尔勒特教授,他任教于费城大学工业设计系,还有一位叫哈文斯,他就住在邑秋,是镇上活跃的艺术家。他们一个负责灯光设计,一个负责建筑与造型。

艺术家的审美与思想往往与众人不同,而且按图施工的工人也很可能并没造出哈文斯想要的效果,其结果是竣工后的行人岛和邑秋镇标,让不少邑秋人失望了。他们议论说：这个岛太大了，而且离奇地拉长，上去下来的车在这儿遭罪。交通受阻了！持这种意见的人，要求将行人岛缩小。此外，对于岛上竖立的充当小镇名片作用的镇标，人们批评道：谁看得清楚上面的字母？为什么不好好儿横着写，非要搞成竖的呢？

——这个倒说的是实情。如果从认读的难易来说，这个镇标极不容易读出来。为什么呢？还不仅仅在于字母是横写的还是竖写的。你来看看这个镇标吧，它是在一块灰色的石头上两边镶嵌金属镂空面板，这镂空的就是9个英文字母 E-A-S-T-F-A-L-L-S，小镇的名字，这9个字母是垂直下来的，而且要命的是，每个字母本身却又是横着写的，也就是你看到的字母 E 的开口在下，不在右，A 的开口在左，不在下。

你开着车经过我们小镇，得把头向着肩膀倒下90度，才能以正常阅读视角来看这个镇标。

那么像哈文斯这样的设计师真的是草包吗？请听他的回答吧：邑秋镇标不是交通道口的指路牌，而是一个通过建筑艺术表达的宣言，要传达给外人的是我们小镇的情调，feel 和 sense，给人留下美的印象。

这一席话也让我倾向于支持哈文斯的设计。我本来对这个行人岛和镇标也并无反感，只是觉得施工过程缓慢（这跟哈文斯无关）给进出车辆造成了很长一段时间的不方便，我心里曾经有埋怨。

春天到来的时候，在报上读到一封信，让我更是为哈文斯感到欣慰。信中说：感谢哈文斯，你为我们这个非同一般的地方设计了一个不同寻常的超好镇标！它有现代感，又精妙不可言，亏得你匠心独运，它是如此完美地表达了我们小镇的情绪，过去的现在的与未来的。这是一个优雅高尚的设计，有了它，让我更骄傲地称邑秋为我的家。

三人行，必有我师焉。择其善者而从之，其不善者而改之。

——孔子

第五辑

闻香

满怀忧愁地过富足的生活还不如无忧无虑地过简陋的生活。世界上最快乐的事,莫过于所有的时间可以由自己随心所欲地支配。咖啡馆的下午,让忙碌生活的直线,复原为一个一个有模有样的点儿。

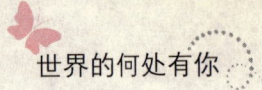

世界的何处有你

老饕咖啡馆

它隐居在外人足迹罕至之处。蓝色的布幔竖着做成一幅大招牌，店名图标也很有文艺倾向，吊花篮及盆栽花卉装饰着门面。走进店去，无人喝咖啡……

　　叫"老饕"咖啡馆的这家咖啡馆，是我偶然间在邑秋小镇上遇到的。

　　"老饕"是其译名，我愿意叫它一个"老"字，因为它给我一种老字号店的感觉。百年老店自然是比不上那些新店有盛况的。"老饕"隐居在外人足迹罕至之处。我黄昏散步的时候，在残阳里，与它秘密地相遇。

　　在康拉德和鲍曼两街——这两个外文名字连在一起的意思是"勇敢的弓箭手"——的路口上，有一家咖啡店。蓝色的布幔竖着做成一幅大招牌，挂在一侧的墙上。我举头望，Epicure Cafe，字体很斯文，店名图标也很有文艺倾向，是一块四方形铁栏纹饰。

　　再看咖啡店的模样，米色的墙、台阶，黑色生铁围栏，方正宽大的窗，吊花篮及盆栽花卉装饰着门面。走进店去，无人喝咖啡，但见一位微胖的白人中年妇人温婉地对我微笑和问候。她似乎正在店台内忙碌，围裙系在身上，手也没停歇。

　　Epicure 这个英文词源于人名 Epicurus，中译伊壁鸠鲁。他是古希腊哲学家。伊壁鸠鲁认为，人最大的善来自快乐，没有快乐就没有善。他学说的主要宗旨就是要人达到不受干扰的宁静状态。但英文词 Epicure 后来延伸到"美食家、老饕、享乐主义者"这层意思上。

Epicure Cafe，引人遐想。伊壁鸠鲁在书中如是说道：

"无论是拥有巨额财富，还是荣誉，还是芸芸众生的仰慕，或任何其他导致无穷欲望的身外之物，都无法去除心灵的烦扰，更不能带来真正的快乐。"

"满怀忧愁地过富足的生活还不如无忧无虑地过简陋的生活。"

老饕咖啡馆从此让我刮目相看。那日所见的微微臃肿却眉目蔼蔼的中年妇女，也在我的怀想中呈现出一位知性女子的风貌。有那么一段时间这家咖啡馆我一次也没有去过，却堪比一个老顾客那样熟悉它。

我像棵树一样，把老饕咖啡馆传来的风声都沙沙沙截留为己。

一个午后，两位女友谈笑着走进了老饕咖啡馆。这是一次好友间的久别重逢，一位从纽约来这儿看另一位。听到一个开口说：这家店的贝果面包是每天从纽约运来的……

一个周末，一对年轻人来小镇看了房，跟着中介经纪人来到老饕，喝一杯浓香咖啡，签署了租房合同。咖啡馆的墙上，挂着费城及邑秋小镇的老照片。热心的主人还顺带介绍了这一街区的历史，欢迎新来者。

又有一天，夜幕掩映的街头，老饕咖啡馆内音乐乍响，一阵欢声笑语。当晚老饕咖啡馆请来了美国四十年代大乐队（Big Band）时期著名的爵士歌手 Harry Prime，老人说他生命中唯一会做的事情就是歌唱，现场回荡起一首首老歌。

Harry Prime 1920 年出生在邑秋小镇鲍曼街。后来他住在现老饕咖啡馆楼上的公寓里。当年他的楼下并不是老饕咖啡馆，而是一个市场。

如今光临老饕咖啡馆的现代年轻人，也带着一些走近音乐名人故居的敬畏。

他们凝眸咖啡馆墙上张贴的 Harry Prime 在四五十年代的舞台上演唱的黑白照片。时光已经隔开了长长的 70 年的距离。往昔曾有数不尽的风华和繁华。

我有一天终于在老饕咖啡馆里坐下，独饮一杯咖啡。墙上是彩色的放

世界的何处有你

大照片——90 岁的 Harry Prime 与乐迷一起欢笑；照片下，汤姆和阿莲娜这对在小镇上住了三十年的中年夫妇正在忙碌食物。

窗外 Epicure Cafe 的蓝布，映照到窗玻璃上。我坐在那里，一瞬间忽然获得了一种自由，生活变得静如时光，轻如尘埃。

一寸光阴一寸金，寸金难买寸光阴。

——王贞白

印第安女王的麦芽酒

站在约翰·霍恩纳德酿酒厂故址的面前，我觉得它似曾相识。陶瓷酒缸换作了大木桶，大米换作麦芽，我看到的是一个相似的酿酒作坊……

  Water，milk，beer，水、牛奶、啤酒，毫无疑问是北美新大陆移民者最早的饮料。孩子们喝牛奶，男人们喝啤酒，小时候看的外国童书和英文课本里，都有这样的插画。可乐之类的灌装饮料都是很晚的发明了。

  啤酒和面包是一回事，我是说，后来我从书上看到：啤酒是液体面包。外国人吃面包，喝啤酒，以麦为生，把它做成面包、酿成酒，就是这样的。

  巧的是，我小时候住的江南古镇老街上有一家酿酒厂，叫民生酒厂。那家造酒厂宅子歪七拐八的，解放前可能是私人产业吧，住宅跟作坊连为一体的。门前就是水码头，很是开阔，码头空地上堆满了酒缸，就像叠罗汉一样。走过民生酒厂有时候能闻到一种非常浓烈的味道，甜过了头的那种，但它比起造纸厂的气味，比氨水味，让人能接受多了。

  小镇上的居民都很喜欢这家酒厂，家家都喝"民生"牌的酒，他们造的是米酒。米酒就是大米酿造的酒，江南人叫甜酒。缝上节日还会多出几个品种，有果酒、汽酒这些。特别是在春节期间，民生酒一定会现身饭桌，小镇人家喜气洋洋的，而我尤爱酒瓶上的商标纸，簇新的，明丽的。

带着童年留下的对民生酒厂的记忆，站在约翰·霍恩纳德酿酒厂故址的面前，我觉得它似曾相识。

陶瓷酒缸换作了大木桶，大米换作麦芽，我看到的是一个相似的酿酒作坊，也闻到同出一辙的粮食发酵的味道。只是这个酿酒坊比我家乡的更大、更工业化，时间也更早。这个像一艘舰船一样的建筑，笨重而傲然，从 1875 年起屹立至今，1953 年工厂停业，它就像抛锚的船，停歇在无人的港湾。

霍恩纳德酿酒厂坐落在印第安女王街和康拉德街的相交之处，在铁轨线的旁边，从印第安女王街而下，又能到达思古河边，可见水陆交通均相当便利。曾经它是邑秋小镇上的"民生"啤酒，并销往远近各处。这个酿酒厂生产一种啤酒名"印第安女王的麦芽酒"，尤其大受欢迎。

霍恩纳德家是从德国来的。德国啤酒就像法国葡萄酒一样，口碑是响当当的，酿造技术胜人一筹，德国人天生有啤酒基因。霍恩纳德族人在邑秋靠酿酒发家，这一点也不足为奇。

就是 1953 年啤酒厂歇业，也不是这家造酒厂自己的错。帝国式的现代大企业兴起，家族作坊式工厂自然就没落了。好在这座坚固的房子，从 1953 年起搁浅在被人遗忘的角落，却凭它铜墙铁壁的身架，硬是不曾塌垮。它曾经被费城地区的地下艺术家（underground artists）占用，每个城市里总有一批这样的叛逆青年和颓废艺术家。严歌苓以芝加哥为背景的小说《无出路咖啡馆》中就有这类"艺术瘪三"群像——还是叫他们地下艺术家吧，我不喜欢那个带冒号的词。

同时，这艘陆地上的破船，也成为孩子们捉迷藏、探险、体验神出鬼没这些惊悚感的最好场所。纵使出动了不少人力将建筑物上一切可能的入口都封堵住了，第二天孩子们却还是突围进来，他们像猫狗一样有能耐，人根本不是对手。后来听说不得不以一天三百块钱的工价，请人昼夜看守这幢房子，万一发生任何不测，比如墙倒压人什么的，就立即报警。

不久之后，房子被一个开发商买下。经过一番修整，改造成楼下店面、楼上住家的商住两用楼。现在那里的橱窗上贴着 For Rent 字样，正在招租。

而"印第安女王麦芽酒"，你也还是能寻觅到，要去古董店或跳蚤市场上的旧货收藏摊位，运气好的话，你就能买到一个当年这款啤酒的空酒瓶和商标啦。

>>>
真知特识，必从科学而来。
——孙中山

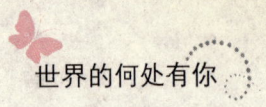
世界的何处有你

Pizza和Curry的守护神

不知道是怎样的因缘，让阿波罗和拉克什米，从地中海和印度洋远道而来，守护着小镇上一家的希腊风味披萨，另一家的印度咖喱菜……

　　小镇上有一家披萨店，人们如此评价它：
　　——超好吃的披萨。从开张起就一直好吃，好吃至今。
　　——可能得耐心排会儿队，不过那是值得的，你吃了就知道。
　　——有外送服务，不过最好自己去店里，那儿的柜台准让你舍不得走呢。
　　——晚上回到家饿得慌，又没力气炊事的话，就去那儿吧，你算找到了一个好地方。
　　——（这一条内容已不见）
　　——喂，楼上老兄，你搞错了吧。咱说的是一个地方吗？人家服务和食物众所周知的好！什么维拉吉奥披萨，整个美丽的邑秋镇上根本就没有嘛！
　　——远的也来，近的也来，就数住在店隔壁的最有福气了！
　　这家被人们交口称赞的店叫"阿波罗的披萨"，位于一个斜十字路口上，"十"字垂直的一画的上半部是泰尔登路（Tilden St），下半部向左略有些错位的是新女王街（New Queen St），阿波罗的披萨店就在新女王街的入口。

这家店在这个街角已经有数十年了。店主是希腊人，他们的披萨饼自然就是希腊风味的，另外店里也供应 Gyros，一种传统的希腊平民美食，以及 Ravioli，意大利小方饺。

店主的希腊情结更是响亮地体现在店名上了。阿波罗，古希腊神话中最著名的神，他是光明之神，同时是男性俊美的象征。他高居天庭，光辉灿烂，为人类消灾弥难，播撒光明。美国科学家把登月宇宙飞船命名为"阿波罗"号我认为是有道理的，但小巷里一家披萨店叫此名，就不免令人莞尔。

果然，不依不饶的人来了。斜对面的泰尔登路口上，也开张一家餐馆，起的名字叫拉克什米。这是一家印度餐馆，店主是印度人。

拉克什米，英语拼写是 Lakshmi 或 Laxmi，你对这个名字就算不耳熟，也一定是见过"她"的——印度神话里的吉祥天女，大乘佛教供奉的就是她，佛陀在经典中屡次宣扬她的功德。拉克什米从海中诞生，美丽而富态，身上穿镶金边的纱丽，向人间布施金币。这位女神是财富、美貌、吉祥的象征。

阿波罗与拉克什米就这样在街口邂逅，两家店的风头，因两位保护神的势均力敌而不相上下。我尤其佩服这个印度老板，从选址到取名，他活学现用的本事真够绝。一步棋让全盘生动起来。这个路口变得更加风水兴旺，走过的人都能感到。

到此品尝了印度菜肴的人们如是评价：

——非常美味！地道的印度菜，很有水准。咖喱（Curry）有微辣、中辣和重辣三种。

——这是个迷你餐馆，好小的地方。不过也确实迷人，推荐去。

——忠告两条。一、请一定要预定位子。二、自带酒水（BYO-bring your own）。

——我在这儿吃自己桌的菜，听旁人桌的话，哈哈，只怪空间实在太

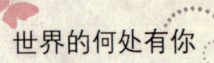

世界的何处有你

小啊。

——天气暖和了,等等吧,到时候室外摆了桌椅就去吃一顿。

不知道是怎样的因缘,让阿波罗和拉克什米,从地中海和印度洋远道而来,守护着小镇上一家的希腊风味披萨,另一家的印度咖喱菜。这也算是开放多元的现代社会里古代神话人物的新生活吧。

理论脱离实践是最大的不幸。

——达·芬奇

咖啡馆的下午

店徽设计得非常漂亮，中间是一个笔致优美的菠萝，两边饰以对称的卷边花纹。徽标之下，还印了一行字，是用来夸赞自己店里的食物品质与价位，并褒扬这座老房子魅力与情调的宣传语……

世界上最快乐的事，莫过于所有的时间可以由自己随心所欲地支配。

在咖啡馆里静静坐着，让音乐、暖气、咖啡香伴随，任思绪飞扬，这就是寒假第一天下午我迫不及待做的事。

我去的那家咖啡馆在蘅蓁路上，从它开张起，我就非常向往。那是一幢高大方正的车间、仓库式样的建筑。它既散发着老房子的古旧气息，又有现代装修给予的新风范。看起来几乎像个小型博物馆。

咖啡馆名叫 Gatehouse Café，名字来源于这幢楼的位置——它居于小区的入口处，的确有门房大楼的意味。这个小区曾经是个学校和医院，已被列为"国家史迹名录"，1850 年世界第一个女子医学院在此成立，1861 年，在此又建立了一个女子医院。

女子医学院和医院现已不存，但这段历史在此留下了高雅的建筑、高大的老树。

路边这幢大房子，当初是马厩，学校后来将它用作小旅馆，这期间因风蚀雨侵而斑驳老去，直到去年 Gatehouse Café 让它再获新生。

Gatehouse Café 附近一幢古典大楼现在是费城大学的学生宿舍。想来 Gatehouse Café 服务的对象也主要是这些年轻人。学校正处于寒假，学生都回家了，如此，只有我一个人坐在堪比酒店大堂的咖啡馆里，沉醉于圣诞节的装饰中。

咖啡馆的二楼只有约一楼三分之一大。二楼像个阁楼。走上去，只见厚厚的窗帘挡住了自然光线，楼上一片温柔的灯光，音乐也舒缓。见到最靠里面的圆桌上坐着两位亚裔男生，他们的情绪非常快乐，一看就是刚从期末大考解放出来。

咖啡馆比餐馆随意、自在，比酒吧安闲、清静。在咖啡馆很适合一个人独饮，或者和朋友两人轻松叙谈。

Gatehouse Café 的店徽设计得非常漂亮，中间是一个笔致优美的菠萝，两边饰以对称的卷边花纹。在这个徽标之下，还印了一行字："New World Fare. Old World Charm." 大致意思是"老地方、新品味"，是用来夸赞自己店里的食物品质与价位，并褒扬这座老房子魅力与情调的宣传语。

我觉得这家咖啡馆的特点除了空间高、场地大以外，就是食物丰富。他们供应丰盛的早餐、午餐、水果、饮料、饼点，本土的、外乡的，各种花样的美味。菜单上所列面面俱全，白天任何时候来都能点到一份合适的。

看得出来，这家咖啡馆（确切说，café 的意思其实是"饮食店"，而并不是狭义理解的卖咖啡的店）有自己专聘的厨师，有厨房可以现场烧、烤、炖、煮。不像我在学校常常光顾的外语楼内的咖啡店和宾大书店里的咖啡店，只雇了一两个学生店员，根本没有厨师，因为店内售的是包装好的成品。他们最多提供一下贝果面包的烘烤服务。

一个下午静静地在咖啡馆里悠闲地度着时光。坐在一楼靠窗的桌前，极高的屋顶下，我变得很低矮、渺小。

置身在这个咖啡馆里，空间和时间变得如此不同。它们都被百倍放大了似的，而我竟然可以轻巧地升浮起来。

我依稀想起了初中时的一些物理实验。一个是要证明空气存在的。因

 第五辑 闻香

为，空气无色无味，看不见摸不着，谁能确定它存在呢？还有一个是关于点变成线的，就是一个个单独的点，当它们串成一排迅速移动时，就在眼前形成了一条线。

咖啡馆的下午，让我忙碌生活的直线，复原为一个一个有模有样的点儿。

做贼瞒不得乡里，偷食瞒不得舌齿。
——佚名

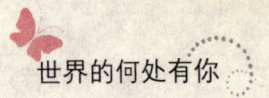

世界的何处有你

带红酒去绿屋

从落地橱窗望进去,只见洁白的桌布、墙上的油画、案几上的插花,守着一屋子的寂静,屋里却空无一人。这里是不是一个小众画廊,或者是一个客厅沙龙……

初夏季节,走在印第安女王街上,很像走在地中海岸边的某一处老镇、古巷。

这条街是弯的,它还开叉出去另外几条街,也是弯的,其中两条无出路,需原路返回,一条环形,另一端出口也在印第安女王街上。这些路弯弯绕绕,所有房屋依山势而建,高低错落,建筑分布的密度很大。走在下坡的一段,忽然就看到碧蓝的思古河闪闪地横在眼前。

印第安女王街上的房子很多建于1850年前后。古朴的老学院剧场,严肃的教堂,别具风格的宅第、民居,构成这个街区浓郁的旧时光气息。

一个静静的街角,正是一幢老房子的拐角。这里有一种非比寻常的氤氲。

我惊喜地停下脚步,留恋于此。从落地橱窗望进去,只见洁白的桌布、墙上的油画、案几上的插花,守着一屋子的寂静,屋里却空无一人。我甚至疑惑这里是不是一个小众画廊,或者是一个客厅沙龙。然而,它是一家饭馆,是一个小小的极优雅的饭馆,名字叫 Silver Spoon,银勺子。从贴在窗上的菜单看,这是一家意大利餐馆。营业时间很苛刻,好像一天之

中,要么做午餐,要么做晚餐,并不全天开张,而且就餐必须预定。

这家饭馆对我来说够神秘的,匪夷所思。它的名字让我想起英文谚语"衔着银勺子出生",指的是一个人出生于富贵之家。再看一眼这家饭馆,便觉得它很有些意味。

感受到这个街角神奇魅力的人,完全不止我一个。后来我无意中得知,美国2008年上演的一部新片《致命掩护》(Cover)就曾在这儿取镜,把街角的饭馆、沿街的教堂、老屋都拍进了电影。

"银勺子"前一任店主,肯定也酷爱这个街角。他干脆就将饭馆取名为 The Corner,街角。

杂志摄影师来到这里,取了张夜景。他很有专业水准地站到了最佳角度,完美地拍下印第安女王街和柯蕊儿街相交处街角夜晚的风韵。灯光辉映着街巷,牵着狗的行人走过。

这里是邑秋最富情致的一个街角之一。这家饭馆从一开始叫"街角",到后来叫"银勺子",最新一任的店主,又将"银勺子"改成了"金币"。虽然饭馆几易其主,但不变的是一贯经营意大利菜式,还有饭馆的门窗外观也一直保持着绿色。

大概店堂实在太小了,这家店进门后不见前台和酒柜。是一家BYOB——Bring Your Own Bottles——即自带酒水的饭馆。来就餐的情侣,带着红酒,跨进绿屋,很浪漫。

"金币"一词是中文直译,实际上,这家饭馆叫作 Fiorino,这是一个意大利语的词,指的是1252年在佛罗伦萨发行的金币,是世界上第一枚金币。佛罗伦萨当时是欧洲经济中心,Fiorino 很快成为欧洲的通行金币。它的出现,代替了以前的银条(silver bars)。

可见,新店主将"银勺子"改名"金币"真是非常有智慧的。而且,Fiorino 是意大利语,因此也非常符合餐馆菜系的定位。

Fiorino 金币的正面图案是百合花,为佛罗伦萨市花。这家叫"Fiorino"的意大利餐馆,参照金币上的百合花,经再创作,设计出了店徽,是一朵壮丽的绿色百合花。这绿色显然是为了吻合店面的绿色调系。

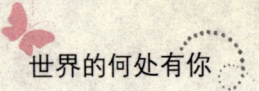
世界的何处有你

　　金币、百合花、佛罗伦萨……让人有了一连串的关于意大利的联想。每次走过这个街角，就感到心有所动。

>>>
学而不思则罔，思而不学则殆。
——孔子

有个地方叫"看吧"

这幢建筑有众多的玻璃墙,透过它们,能看到视野开阔的外景。阳光不受阻挡地成片照射进来,人就有了暖房中植物般的幸福感……

　　看吧,这个吧字要发成第一声,和酒吧、氧吧一样,用以指地方。
　　费城大学校园内有一幢新式建筑,名曰 The Kanbar Campus Center,是校园各类文化活动的场所,是学生休闲、交友的去处。对任何一座学校来说,图书馆和学生活动中心是必不可少的,前者是书房,后者是客厅。
　　美国大学第一座学生联谊活动大楼诞生于宾大,它是一幢古典风范的石建筑,很大很阔气。宾大的图书馆与之相比,似乎反而黯然失色。
　　穿过山坡上的一片树林,就进入了费城大学。周末的午后常常来Kanbar坐一坐。
　　用"看吧"翻译Kanbar这座多功能现代大楼,是有些委屈了它,不过也确有贴切之处。吸引我来这儿的,正是这幢建筑众多的玻璃墙,透过它们,能看到视野开阔的外景。阳光不受阻挡地成片照射进来,人就有了暖房中植物般的幸福感。我非常喜欢在这里安坐一隅。
　　Kanbar是我到过的最与外界视线相通的地方。在这里,无论站在、坐在、走到哪里,窗外的风景都大幅、大卷地扑入眼帘,而绝不是小张、小尺寸的。Kanbar的设计是极具慧识的。事实上,Kanbar打破了传统的封闭楼层空间,采用开放式隔层,增加向外的可视度。
　　从我坐的这个地方向外望去,金色的阳光照着红色砖墙。斜斜的小路两边,十几棵树聚在一处,宛如树的一家。有粗又细,有直也有歪扭。这些树灰褐的枝干生出不计其数的细枝末节,是深红色的,凝聚着血脉和生命力,春风吹佛中会化为密密的绿叶。

我想起上中学的时候,一次室外写生。那一幕至今难忘。

就是这样的早春季节,来到山脚下空旷的体育场。老师让我们坐在看台上,画远处跑道边的树景。这是我第一次画没有叶子的树,纸面上落下无数黑色的炭笔线条,有的粗犷,有的坚硬,也有的很细柔。灰白的天空衬着它们,我第一次发现冬天的树林很美。那一刻我的心在寂寥的冬天里热乎乎的。

看吧的室内布置,虽前卫却独不失艺术品质,让人感到可亲。

楼里营造了多处相对独立的休憩空间,所摆放的案几、圆桌、沙发、躺椅之类各处有异,不见颜色和款式的重复。但风格又是统一的,时尚而休闲。有一张波浪形的沙发条凳,坐上去,就像坐在起伏的海面上。

最喜欢的是楼里张贴的海报、宣传画。它们都是复古风格的绘图海报,笔触充满了美术气息,情调浓郁。主题有两类,一类是世界各地风光,例如非洲部落的歌舞、地中海岸边的礁石、沙鸥等。另一类是经典电影海报,比方说《乱世佳人》(1939年)、《女人的陷阱》(1929年),但这些海报上的文字并不是英文,所以说,都是美国电影在外国上映时的海报。怀旧而又有异国情调。

楼里面放着舞蹈音乐。一阵阵笑语传来。时而有女孩子走过,相伴着好闻的香水味。不知是周末才洒,还是说费城大学本身是艺术院校,女孩子自然比宾大的时尚、爱打扮?

坐渴了、坐饿了,起身去一楼大堂的咖啡厅买热茶和点心。柜台就是一个吧台,一群年轻人坐在高凳上喝饮料,谈笑风生。店内一个很大的壁炉,膛火熊熊,一块大铁板上,正烤着香肠热狗。

两张桌球桌子摆在厅里。吃的、喝的、玩的,不分彼此。往一侧去,还有间乒乓球室。我喝着茶,站在厅里一根大立柱前,看了会儿电视。

读万卷书,行万里路。
——钱泳

红房子，蓝色大丽花

不过这个花园里的花草、树木、叶瓣、蝴蝶、飞鸟、赤橙黄绿青蓝紫，都不是自然界里的，而是布上的，它们来自于各类旧衣服，经折线、裁剪而得来……

邑秋小镇上有一家店叫"红房子"（Red House）。门板、窗框、屋檐全都刷成深红色。店内的墙，一堵橙黄色，一堵深绿色。春天的时候，橱窗下红色的木槽（种花用的）里蔓延出一枝绿叶油油的青藤。

橱窗里的布置，一年四季都是姹紫嫣红的。女士需要的披肩、围巾、衣裙、包袋、鞋帽、珠宝、首饰，应有尽有，琳琅满目。

橱窗边上扬着两面店旗，一面旗上写着店名，另一面旗上印着一个跳着街舞的黑人剪影，头发放射开来，非常夸张。这似乎是一家具有黑人文化背景的店。

一看门上写着"Open"的字样，就推门而入。这是邑秋小镇上一套典型的老式镇宅（townhouse）。这样的镇宅像一辆双层火车似的，蜿蜒在邑秋有坡度的地形上。"红房子"这一节车厢被刷成了醒目的红色，有别于其他。

破墙开店在邑秋小镇上并不少见。不少老房经过改造，楼下店铺，楼上公寓。可是"红房子"里面，却没有前述格局上的变化。它安好地保存着一户镇宅住家的原貌。进门后的一楼，前端是朝阳的门廊间（Porch），即目前的橱窗、陈列区。后面就是客厅，我一看，这儿是一个更为琳琅满目、更为花花绿绿的世界，是一个工作坊（Workshop）。

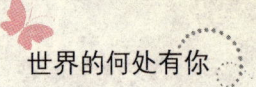

我真的像置身在一个花园里，不过这个花园里的花草、树木、叶瓣、蝴蝶、飞鸟、赤橙黄绿青蓝紫，都不是自然界里的，而是布上的，而且不是在大块、整匹的新布上，却在零零碎碎的各种布块、布条、布缕上，它们来自于各类旧衣服，经拆线、裁剪而得来。

原来这个客厅是一个以旧更新的缝纫创作室。墙上已经挂满了各种充满艺术气息的布艺作品。

"咚咚咚"一阵脚步声从楼下传来，爽朗的招呼声和浓郁的香水味随即而至。他长得可真像店外旗帜上那个跳街舞的黑人。由于我是第一次来，他给我介绍了一下本店产品，还不无骄傲地告诉我他是这里的设计、制作师之一。我再注意一看，这儿有两部老式的缝纫机，悠悠诉说着旧时代的光阴。

这座老屋，光线暗淡，然而它色彩浓艳。很神秘的一个"红房子"。

我另有些担心地想——小屋里这些别出心裁的花裙、布包及其他穿戴、饰用品，从风格上讲都极具夸张，有强烈的艺术倾向，然而并不适合平日的场合。这也是我饱览之后不予添置的原因——我担心的是："红房子"的客户是否稀缺？那个看起来略带一些女性气质、非常善良、浑身散发艺术聪慧的黑人青年（他是店主吗）怎么维持生意呢？

所幸，我的担心与不安不久即迎刃而解了，因为我了解到，"红房子"在邑秋小镇及周边很有名声，它是由各种民间基金建立起的一个非盈利机构，为的是给众人，特别是现代社会的青少年传扬缝纫的技艺、乐趣和艺术体验，也挖掘有设计天赋的人才。"红房子"所在的镇屋，楼上、楼下是缝纫班、设计班的课堂，安排在下午放学后、晚上或周末。还常常举办沙龙艺术活动，吸引社会公众参与。

为"红房子"事务忙碌的，还有一对母女和一对女友。那位母亲是"红房子"的创立人。母亲是白人，女儿是漂亮的黑白混血姑娘，名字好美，叫大丽花（Dahlia）。大丽花有一位亲密的黑人女友，叫蓝（Blu）。我想起来，那天在红房子所见的缤纷花布的世界，"大丽花"及"蓝色"元素是比较突出的。只是那位青年，他是谁呢？我需要一些时间去获知。

读书破万卷，下笔如有神。
——杜甫

第六辑

伴书

如果说古典建筑风格的图书馆，如一位饱学的慈祥老者，那么满园蔷薇花开，绿草如茵，此景就当是那个叫May的小姑娘了……在被问到为什么写作时，柯蒂妮回答：我说不清。然而，纵使写作带着太多不遂，它还是叫我痴醉。

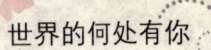

世界的何处有你

那么，吹奏夕阳吧

你照镜子的时候，最喜欢脸上哪一部分呢？女孩告诉他：是头发。因为爸爸说我的头发像金色的夕阳。霍兰先生立即对她说：那么，吹奏夕阳吧。

莎士比亚的戏剧《第十二夜》开篇说："If music be the food of love, play on."把音乐比作与食物一样的重要。"音乐是爱的食物，演奏下去而不停息。"

校长在学校剧院落成的典礼上，引用了这句话。他向参加典礼的1200多名师生、来宾说道："音乐、爱、演奏，科兹中心（Kurtz Center）就是为此而造的。我们的学生，得以尽情地去创作音乐、从事舞台表演、制作电影。"接着校长向邑秋居民发出真诚的邀请，希望大家来学校参加音乐会，观看演出，让科兹中心成为社区共享的艺术空间。

在这所叫Williams Penn Charter School的学校320多年历史上，得益于无数可贵捐赠，留下了各个时期的里程碑式建筑，结出了辉煌的教育成果。

学校名字中的charter一词，并非指美国现今charter school的性质，而是纪念学校创立者威廉·潘为办学向英宗主国征求的特许。美国建国后，这种特许自然是废除了，但作为学校历史的一页，它永远保留在校名之中。

科兹中心为古老的学校写下了新的一笔。已故的科兹先生是著名而富有的广播业先锋人物,生前住在邑秋。他年轻的时候,世界还没有网络。1963 年,科兹先生创建了一个 FM 二十四小时音乐台,立即赢得费城听众之心,三年后成为全美国听众最多的头号 FM 广播台,科兹先生获得了巨大的商业成功。

科兹先生非常有音乐素养,少时曾有过音乐理想。科兹先生创办的 FM 电台,以优美的音乐打动人心,1967 年被德国汉堡交响乐团授予世界最佳音乐台奖。

科兹先生将 FM 调频广播打造成活力四射、人气聚集的音乐台,是一位开创性的奠基人物。生活中的他却极为低调、简朴,开一辆广播台的旧货车,总是躲避各类交际场合。他是一位默默的慈善家,乐于助人却不爱留名。生前的最后义举是成立了科兹家族基金会,以志在他过世后仍然将财富造福于民。

在美国的俄勒冈州,有另外一个故事。1964 年的秋天,心怀远大理想的作曲家霍兰先生迫于现实生活的无奈,来到一所中学教音乐。孩子们调皮捣蛋、不学无术,连巴赫是谁都不知道。霍兰先生开始了艰辛的教学起步。

面对怎么也吹不好单簧管的女学生,霍兰先生轻松地问她:你照镜子的时候,最喜欢脸上哪一部分呢?女孩告诉他:是头发。因为爸爸说我的头发像金色的夕阳。霍兰先生立即对她说:那么,吹奏夕阳吧。一句话让女孩获得了神奇的力量,她在沉醉中轻松吹出了优美的旋律,从此获得自信,不仅学会了单簧管,而且在长大后做了州长,非常有才干。

三十年间,霍兰先生没能成为一名音乐家,却谱写了世界上最优美的乐章,那就是和学生共同演绎的爱、信任、理解的人生故事。

霍兰先生一生的心血没有白费,学生的成长是对他最好的回馈。然而具有讽刺意味的是,校董会作出了因学校经费裁减而解散学生乐团,削停音乐课让霍德先生"退休"的决定。他愤然向法庭申诉:"并非经费所困,更主要的是我们仅仅想培养一群没有思想与创造力的孩子。"

世界的何处有你

　　科兹先生和霍兰先生是同时代人。所不同的是，霍兰先生是电影中的人物，他是 1995 年的美国电影佳作 Mr. Holland´s Opus（中译名《生命因你而动听》）里的中学音乐教师。

　　生命有无数种可能，而真正走过的，却只有一种。科兹先生和霍兰先生的人生也许都不是他们所计划的，但我相信，要是看到校园内有这样一座演艺中心，并配有八位音乐教师，他们该是无比欣慰的。

>>>
读一书，长一智。
——爱因斯坦

宝莲（Pauline）图书馆

孩子们嬉笑、欢快地围着威斯纳，仿佛在家中的客厅壁炉前。乱哄哄的气氛是合乎情理的；又往往唠一些无关紧要的家常；孩子们好奇而兴奋……

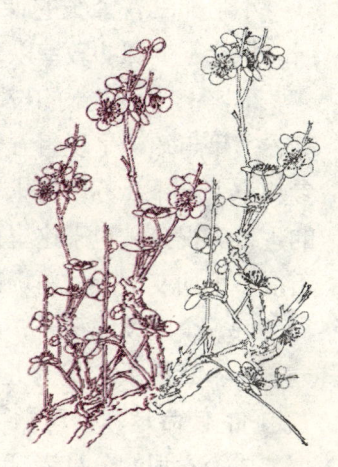

一群天真可爱的孩子，围着一个穿黑衣、鹰钩大鼻子的人。威廉·潘学校小学部的图书馆里充满了欢声笑语。

是谁来了？难道是《蓝精灵》里的格格巫扮演者吗？太像了！不过看起来他非常慈爱，是个和蔼可亲的格格巫。

这位叫 David Wiesner（戴维·威斯纳）长得像格格巫的人，被威廉·潘学校聘为 2011~2012 学年的驻校访问艺术家。这一年他数次走进校园，走到学生中间，交朋友、谈心一样，分享自己的创作和种种思想。

David Wiesner 从事的是：画书给儿童看。著名的《三只小猪》就是他画的，并配写文字。他是美国儿童书绘本大师，获得过三次凯迪克奖金奖，两次凯迪克奖银奖，这样的辉煌纪录无人能比，而他分享给孩子们的成功经验是：Persistence and Practice，坚持和苦练。接着他用朴素的字眼说道："要是你喜欢，你就不要停下。"

凯迪克奖（Caldecott Medal）与鼎鼎大名的纽伯瑞（Newbery）儿童文学奖的区别在于，前者奖给图画书，后者奖给文字书。威廉·潘学校 2010~2011 学年的驻校访问艺术家，则是一位获纽伯瑞奖银奖的作者。

孩子们嬉笑、欢快地围着威斯纳，仿佛在家中的客厅壁炉前。小学部来任何"大人物"，都是借图书馆一间屋、一个厅，在一块色彩斑斓的区域，快乐地"促膝而谈"。乱哄哄的气氛是合乎情理的；又往往唠一些无关紧要的家常；孩子们好奇而兴奋。这里每个人都是亮点。

小学部没有紧张的课程和考试。图书馆是一个多功能的文化活动场所，是除了上课的教室以外，孩子们最常来的地方。

事实上，小学部的校园生活是以图书馆为中心的。馆内布置得非常漂亮，书籍与知识呈现着五彩缤纷的颜色，散发浓郁的儿童气息。孩子们来参加 Dr. Seuss（苏斯博士）——二十世纪最卓越的儿童文学家、教育学家的生日庆祝会；也来这里逛书展；每天，阅览室绿色格子地板上躺着、卧着很多小朋友，听故事、阅读。

每一个阅读的孩子，就是畅游在知识海洋里的一条小鱼。图书馆保持一万册不断更新的优秀儿童读物，三十种儿童期刊，及大量电子版资源。"我们的使命是，推动学生热爱图书，确保他们有效地读书、有道德地读书，成为学识的分享者。"

——这句话让我想起孔、孟名言"学而时习之，不亦说乎""独乐乐，与人乐乐，孰乐？"

图书馆常年招募志愿者，报名者多数是邑秋小镇的居民或者是学生的家长。他们帮助把书放回书架，也兼带看护小读者的责任，有时在图书馆举办的各类文化活动中出力帮忙。此外，新书上架、旧书捐赠、社区联络、节日装饰等都离不开他们的辛勤付出。

小学部的图书馆以 Pauline Trask 命名。宝莲（Pauline）女士曾在小学部教书 12 年并担任过教务总长，1937 年不幸因飞机失事而遇难，但她永远和阅读的孩子们在一起，年复一年。

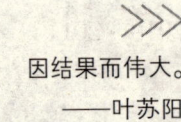

因结果而伟大。
——叶苏阳

格默里（Gummere）图书馆

失去两个儿子的麦考恩夫妇强忍悲痛，将钱财捐赠学校，建起一个特色图书馆——专门收藏与大自然、户外运动相关主题的图书，以纪念曾经远征千山万水、爱体育、体魄强健的兄弟俩……

邑秋小镇上的威廉·潘学校（英文全称 1689 Williams Penn Charter School），是费城地区数一数二的顶尖名校，她的风范尊荣、一举一动，牢牢牵引着邑秋人的视线。

学校在夏季成立了读书俱乐部，人们便凑上去细览那长长的书单。Siddhartha, Bee Season, A Tale of Two Cities, The Poisonwood Bible, The Grapes of Wrath……似乎像照镜子，对认得的部分和不认得的部分，看在眼里后，心中有数了。或沾沾自喜，或惴惴不安。人的内心，都有对书本的渴望，只是我们常常太忙了，无暇审度，甚或视而不见。

读书能使人成为完善的人。英国哲学家、文学家培根在《论读书》中早已阐明。

在给即将升入高中的学生开列的书中，有一本叫 A Thousand Splendid Suns，是 2007 年度的畅销书，作者曾以《追风筝的人》一举成名，是一位阿富汗裔美籍医生。他的作品情感饱满，给美国读者描写了异域文化背景下人与人之间超越生死的爱的故事。

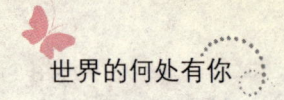

可以看出，高中生已进入文学阅读，不再停留于少儿书领域。

中学部（K6至K12年级）的图书馆风格与小学部的宝莲图书馆迥异，这里巍峨而庄严。橘黄光芒的天花板群灯，将宽敞的图书馆楼内映照得像一个金色大厅。宝蓝与橙黄两色的校旗整齐地悬挂着，布满四壁。

书架高大、厚实、威严，两万三千册图书严阵以待。在这里，让人感到自身的渺小，对学海无涯产生敬畏。

这座古典风格的图书馆建于20世纪60年代中期，以当时的校长格默里博士（Dr. John Gummere）的名字命名。

格默里先生是学校历史上一位著名的校长，他本人即是威廉·潘学校的毕业生，在获得宾夕法尼亚大学的博士学位后返回中学母校执教，十八年后担任校长，随后长达27年担任校长，直至退休。

晚年在费城近郊的大学教拉丁文课和英文课，并且在报纸上开设人文学科类专栏。

这是一位极为爱书的校长。他以卓越的教育精神，将古老的学校带上时代的先锋位置。1963年他当选为"全美独立学校联合会"（National Association of Independent Schools）第一任主席。全美独立学校联合会麾下聚集了美国最顶尖的私立学校，是美国青少年基础教育的最优质代表。

被称为现代思想之父的培根说过："书籍是在时代的波涛中航行的思想之船，它小心翼翼地把珍贵的货物运送给一代又一代。"1689年，英国贵族威廉·潘得到国王的特许，在费城建立这所学校的时候，就定下了"以书育人"的准则。

在格默里图书馆落成以前，学校早已有源远流长的爱书传统。书，是最好的纪念物和精神象征。曾有一个非常感人的故事：

麦考恩兄弟中的哥哥是威廉·潘学校1936年的毕业生。他青春勃发时，奔赴二战前线英勇作战，牺牲疆场。

弟弟跟哥哥上的是同一所学校，不幸五年级时也意外身亡。失去两个儿子的麦考恩夫妇强忍悲痛，将钱财捐赠学校，设立麦考恩图书基金，建起一个特色图书馆——专门收藏与大自然、户外运动相关主题的图书，以

纪念曾经远征千山万水、爱体育、体魄强健的兄弟俩。

历时三年竣工的格默里综合图书馆,不仅仅是一座令人瞩目的标志性建筑,更重要的是承继了学校以书育人的古训,并将这样的精神代代相传。

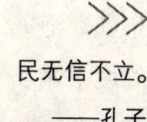

民无信不立。
——孔子

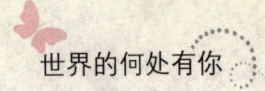

世界的何处有你

公共图书馆·黄昏诗会

下午和黄昏是图书馆的忙碌时光。暮色中的台阶上,生动地站着几位艺术气质浓郁的人,他们是"星期三诗社"的诗人无疑……

一个美国朋友跟我学中文,他从未见过我小时候熟识的翩飞在江南田野、巷陌的黑背白腹的燕子。我愣住,但转而一想,自己也已多年不遇燕子的踪影。童年的记忆却一瞬间浮上来,于是在插图旁即兴写了下面的字句,教给这位年轻人:

这是燕子/燕子是鸟/春天的时候,它飞来/秋天到了,它飞走/我爱燕子。

"It's a poem! Beautiful!"我的朋友像孩子一样欢欣。

诗,文学中的画与音乐。对于我这样一个惯以母语阅读、写作的人来说,英文诗也总是能轻易超越语言的隔阂,打动心灵。邑秋小镇上的公共图书馆,无数种类的书籍中,我最偏爱看的就是英文诗及儿童绘本读物。

公共图书馆是一幢英式学院风格的砖石建筑,是钢铁大王卡内基先生捐款建造的,迄今已有百年历史。卡内基先生巨额财富的归宿是遍布全美的图书馆、大学,及为众多有益人类的事业所设的基金。正是卡内基的奉献,美国创造了公共图书馆这一体制。

下午和黄昏是图书馆的忙碌时光。楼下的房间开展各种活动：蹒跚学步的孩子在听故事；青少年与心爱的作者见面；中老年人在玩拼字游戏、看电影、学用电脑；近日暑假，则有特别活动——教中学生做手工艺品、烘制点心。

图书馆的房间也借给邑秋小镇的几个社团开会。有小镇公共事务民治组织，也有书友会、历史爱好者之类的文化小团体。

其中一个"星期三诗社"非常引我向往。它汇聚了邑秋的诗人及诗歌爱好者，每月最后一个星期三晚上在图书馆活动，诗社由此得名。去年仲夏一个黄昏，闭馆时我掩卷离开，去林中漫步平息思绪，归途再经过图书馆已大门深锁。而暮色中的台阶上，生动地站着几位艺术气质浓郁的人，一看就是诗人或画家，他们仍在絮絮而谈，彼此间的相惜与友爱一望即知。我立刻确信，他们是"星期三诗社"的诗人无疑。

那以后，与他们的诗也总是一次次不期而遇。渐渐地便熟悉这些邑秋诗人。

"星期三诗社"中有一对灵性飞扬的恋人。女方叫柯蒂妮，男方叫彼得·巴罗斯。以诗名而论，彼得·巴罗斯早已是费城一线文艺家了，他是文学刊物《费城故事》（Philadelphia Stories）的编委会成员，是 2009 年费城诗歌创作最高奖项（Amy Tritsch Needle Award）的获得者。他在费城读了法学院，却并没有走上律师生涯。他在诗歌、小说、绘画、音乐领域实现自我。

柯蒂妮是一位女诗人。她是《费城故事》（Philadelphia Stories）的诗歌部编辑。她在本地几所社区大学教写作课。这位"星期三诗社"的主办人，活跃于诗社、剧社等文艺团体，常常忙得像陷入了泥沼。她和巴罗斯相爱，写了很多甜蜜的爱情诗，两人同居于邑秋小镇。

在被问到为什么写作时，她回答：我说不清。然而，纵使写作带着太多不遂，它还是叫我痴醉。

"星期三诗社"中有一位热心的诗友及业余作者是心理学在读博士生，叫黛妮，她在一家心理诊所做实习医生，是一位非常灵秀的女子。

对诗社默默关注着,有一日我忽然领悟巴罗斯、柯蒂妮、黛妮……他们行动中的道义。文学刊物的编委、编辑,走出书斋,到社区的公共图书馆,这对于探索中的潜在作者来说,就如引路人向自己伸出一双手,没有比这更给力了。

>>>
没有诚实哪来尊严?
——西塞罗

五月的花会书会

它就在母亲节前一天,星期六。今年的大卖不知道会有哪些书,落入谁的囊袋呢?又会有哪些花儿,让我喜爱呢?期待明天去花会书会逛一逛……

　　小镇上老图书馆有一个深入人心的活动——春季优惠大卖(Spring Sale),这一天已成为邑秋人的传统节日。它就在母亲节前一天,星期六。
　　如果说古典建筑风格的图书馆,如一位饱学的慈祥老者,那么满园蔷薇花开,绿草如茵,此景就当是那个叫 May 的小姑娘了。
　　这儿,实际上就是一个书会和花会的市集。草坪上的长桌子上和地上,摆出一盆盆的花卉、菜苗或药草,架子上也挂着一篮篮悬吊植物。这里吸引了很多穿戴朴实、身材发胖的主妇,她们挑一盆花,作为母亲节的礼物送给自己的亲朋好友,实惠而讨喜。邑秋小镇每年春天,每户人家的门前都会摆上几盆新栽的花草。
　　要买优惠出售的书籍及音像制品,那就走入图书馆内吧,图书馆员和志愿者早已把待售书物分门别类整理好了,儿童书、烹饪书是最受欢迎的。进门的时候你会拿到一个袋子,进去后你把看中的东西,书啊,音乐或电影光盘啊,都放入袋子,一袋子五块钱。有的人转了一圈袋子里装了两三样东西,而有的人袋子塞得沉甸甸的,不管多少,一袋子都是五块。
　　图书馆举办五月花会书会,小镇上无人不知,为什么呢?
　　居民们打开报纸,消息就在报上。书友们去到图书馆,大门口张贴着醒目的活动传单。小镇上从三月开始就为这个传统项目作准备了。先是要募捐书籍，而且还不断更新进展，告诉大家什么类别的书不缺了，什么类别的书还不够。由此我知晓课本、杂志、辞典类百科全书是不受欢迎的。募捐到的书，加上图书馆自己想清仓处理的书，这些就是卖品。

然后招募志愿者，特别是活动当天的志愿者。志愿者中有两名要负责花园里的一张烤饼桌，她们有备而来，摆出藤条小筐、格子餐布、蘸料什么的，用香脆脆的自制烤饼招待客人。吃的人也很自觉，掏出零钱买这些零食，有的给多有的给少。

没错，卖饼所得，卖花所得以及卖书所得，最后都归"图书馆书友会"所有。将来可以用作书友会活动的经费吧。饼、花、书，都是邑秋人捐赠的，五月的花会书会，是邑秋居民的一个公益活动。

有意思的是，这个活动并不是只用一天就"毕其功于一役"，而是前有序曲、后有尾声的。图书馆在星期三的晚上先拉开一个序幕，推出 A Public Preview，意为"公共预览"，这种派头，就像是大公司、大制片商推出产品预展和电影试映。这个"公共预览"仅限两个小时，晚五点半到七点半，这个预览上每样东西均售 1 元。

预热以后就到了星期六的正戏，从早上九点半到下午两点半，不过也还会有人来迟了一步，那么最后的机会就不能再错过了——星期一和星期二两天，图书馆将把所有剩余未卖掉的书籍（对不起没有烤饼没有花了）放在大门口，您就免费自取吧。

明天就是星期六，是母亲节前一天。今年的春季优惠大卖不知道会有哪些书，落入谁的囊袋呢？又会有哪些花儿，让我喜爱呢？期待明天去花会书会上逛一逛。

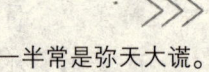

真话说一半常是弥天大谎。
——富兰克林

旧书的味道

旧书有一种特别的味道。你闻，淡淡的墨的气味。厅里静静的，淘书的人在几排宽大的书桌前思考、挑选，有人将书拿起，翻阅后又放下，有人一册在手如获至宝，喜滋滋收入囊中……

图书馆所在的路口，一串红、白、蓝的气球迎风摆舞。图书馆门口的告示牌上写着一行彩色的美术体字母，SPRING SALE（春季优惠大卖）我就是为此而来。

花园里卖花，大厅里卖书。园里花香习习，鸟鸣声声，人们的亲切问候和谈笑声此起彼落。厅里却静静的，淘书的人在几排宽大的书桌前思考、挑选，有人将书拿起，翻阅后又放下，有人一册在手如获至宝，喜滋滋收入囊中。

旧书有一种特别的味道。你闻，淡淡的墨的气味。我想起小时候用砚台磨墨，写毛笔字。淡淡的臭，就是墨的味道，而在笔墨纸砚所烘托的气氛下，它又是人所称赞的墨香，这也恰是旧书留给人的心灵感觉。

更耐人寻味的是光顾旧书摊的一些人。可以见到很不同于一般的脸。一位书卷气至极的中年男士让我默默多看了两眼；另两位大学生模样的年轻人，有艺术家那种不可思议的混合、多重的气质——这是我亲眼所见，艺术家们表现出的气质丰富而有变化，常人则是单一的。

旧书摊上见到一些这样的人，于我的心是欣悦的。

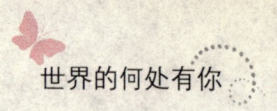

还有人似乎是慕名而来的，上前低声问管理员：是不是有过世的斯贝克特先生的藏书？管理员给了肯定的回答。

我听了很是一惊。斯贝克特先生是小镇上大名鼎鼎的人，他担任国会参议员长达三十年之久（1981～2011年），是一位资深的政治家。他在1996年参加过总统竞选。斯贝克特先生长期居住在邑秋，小镇上很多居民都见过他，像邻居一样跟他打招呼。

斯贝克特先生最早的时候居住在瓦尔登路，后来搬的家就很隐蔽，需要从一条独家专用车道进入。斯贝克特先生去年秋去世，享年82岁。报上说，他把很多历史资料捐给了费城大学。

我没有想到，他还把自己的个人藏书（或者是一部分）捐给了邑秋图书馆。看来那个问询的人是专门来找斯贝克特先生的书籍的。

不过我心仪的是大开本的画册、音乐 CD、青少年书籍，女孩子读的且最好是获纽伯瑞奖的书。一个大袋子装得不算满，但也够沉甸甸了，于是去前台交五块钱准备离场。

和蔼的服务员大妈热情地问："怎么样？你可幸运呀？"我立即回答："幸运，非常幸运，我找到了很多我要的。太好了！"

回到家把书散置于地，开始翻阅。有一本书中竟然夹着几页手稿。很普通的条纹纸，蓝色墨水笔，字迹漂亮流畅。最上方写着"3-18-65 Lecture"这几个字，意思是"1965年3月18日讲课"。

1965年春天的那堂课，本来是那么远，远得早就消失在时间长河之中，无了踪影，而现在它随着这几页手稿，像一个漂流瓶被冥冥中的无名力量，冲打到岸边。我一行一行读，这堂课于是离我是这么近，就在耳边响起了。

这是一堂跟青年人探讨人生的课。教授谆谆教导学生要有"耐心"要讲"正直"。同时，教授也对人生的"有限"和广大生命的"无限"作了一番分析阐述。读着手稿，我认定它是费城大学退休老教授施耐德先生的，他今年二月刚刚离世。之前报上的纪念文章说老教授无儿女，与书相伴，去世后把书都捐赠出来了。

后注：施耐德先生的手稿夹在1964年的 HORIZON 杂志春季号里。

 第六辑 伴书

HORIZON 中译名《地平线》，是美国老牌艺术杂志，1964 年的时候是季刊，后发展为双月刊，1989 年停刊。这本杂志是画册类型的，里面有很多名画赏析。

>>>
诚者，天之道也；诚之者，人之道也。
——孟子

世界的何处有你

播下种子，收获花开

高高的白色钟楼映衬着蓝天，坚石砌筑的教学楼严谨沉稳，绿草坪上阳光明媚。学校钟楼前，种着一棵很大的榆树。它有一段不平凡的来历……

经过麦克迈卡尔公园，再往东北走，就能见到一座学校。学校正门口的石墙上刻写着这样一行字：1689 Williams Penn Charter School.

这座学校是费城地区数一数二的名校，建于 1689 年，创立人是 Williams Penn，即宾夕法尼亚州建立者。

威廉·潘是英国贵族，当时的查理二世国王将北美一块辽阔的土地赐给他，威廉·潘 1682 年经大西洋到达德拉瓦河，登上了这块领地，一开始他叫它新威尔士，又叫它 Sylvania，拉丁文意思是林地。后来查理二世赐名 Pennsylvania，顾名思义是"潘的林地"。

德拉瓦河岸边的费城就是由威廉·潘规划建成的。费城市中心的市政大厦顶端竖立着一尊铜像，即是威廉·潘。

威廉·潘是美国殖民地时代一位开明的大地主、建设者。同时也是一位有远见卓识的教育家。年轻时他曾因为思想自由，被牛津大学开除。1689 年他在费城创立学校，以崭新的理念办学，他相信教育是为了帮助学生在未来改变现实、创建理想的社会。

威廉·潘在费城建立这个学校的时候，北美这块殖民地上还没有现代

意义的大学。波士顿近郊的哈佛学院，建立于 1636 年，但它是以培养神职人员为宗旨的。

1693 年北美第二所学府威廉·玛丽学院诞生。1701 年耶鲁大学建校。这三所殖民地时期最古老的大学都是专注于培养教会人士的。

宾州总督威廉·潘，是一位走在时代前面的人。他的理想是建立一个宗教自由和政治自由的地方，"允许人民制定自己的法律"。这些进步思想，深远地影响了未来，宾夕法尼亚州成为美国独立战争时期的先锋，费城成为美国的诞生地。

Williams Penn Charter School 最早的旧址在费城市中心。由于学校不断壮大，需要更宽阔的场地，1920 年搬至郊区邑秋小镇现在的地址。

校园内的建筑是典型的学府风格，高高的白色钟楼映衬着蓝天，坚石砌筑的教学楼严谨沉稳，绿草坪上阳光明媚。校园紧邻着的几条住宅街区，房舍古老，气氛静谧。

学校宽阔的运动场面对着"学府路"（School House Lane），那儿常常有校际间各种比赛，气氛热烈，人声鼎沸，让我想起中学时代我们学校的运动会。夏天的傍晚，打完球的年轻人把球衣往肩上一扛，站在操场边的护栏网前，轻松笑谈。此景也是多么熟悉！

学校钟楼前，种着一棵很大的榆树。它有一段不平凡的来历。

被称为宾夕法尼亚的这块土地，原住民是勒那佩（Lenape）印地安人。威廉·潘 1682 年与勒那佩人的首领，在德拉瓦河岸边的一棵老榆树下，签订了一个和平条约。

这在北美殖民史上是个重要事件，它成为英殖民者与印第安人友谊的见证，被永久纪念。美国历史题材的油画作品曾多次描绘这一场景。

这棵枝繁叶茂的老榆树也因此名垂青史，它被人唤作"和平条约榆树"。

1810 年的一场暴雨，将这棵老榆树刮倒。人们立即将它嫁接插扦，培养出榆树苗，分别送给费城的几所著名院校，栽种在校园。

这棵老榆树的后代之一，如今根植在邑秋小镇的 Williams Penn Charter

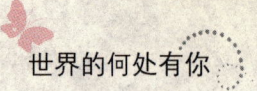

世界的何处有你

School 教学楼前。

这棵树也成为学校的精神象征,校训上说:我们是有根的人,正像这棵树一样。我们的根就是人类永恒的价值——平等、尊重、沟通,为此我们将永不妥协。

>>>
真诚是一种心灵的开放。
——拉罗什富科

第七辑

故园

我一直相信，时间是有重量的，所以老地方都有一股令人倍感强烈的冲击力。这里有一种很奇怪的底蕴和气质，疑似一些深处的灵魂，在倾诉和波动。夕阳下，渔人已去，码头空寂，深长叹息那随风而逝的历史……

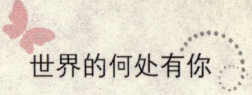

世界的何处有你

阿伯茨福德在 1912

这幢大宅生于盛世,它不能预测未知的命运,却能频频回首来时的路。冷峻的现实是:它已经消失,阿伯茨福德再也无从寻觅……

凝视着这幅素描画,致密的树,花草葳蕤,一弯石径通向坡上阔气的大宅。仅从视线所及的这一侧看,就有十八个窗户。画下方印一行小字:Abbottsford in 1912。

——阿伯茨福德在 1912,这是一幢老房子 1912 年时的风貌。

可是,它位于邑秋哪儿?我可从来没发现过这幢房子。带着极大的好奇,我不禁想一探究竟。这才知道,邑秋小镇的历史爱好者协会正致力于挖掘那些消失的古迹,他们拜访那些在此地住了一辈子、几辈子的人家,倾听老人口述历史,还广泛征集老照片。

人各有所好,爱历史的人坚守的信念是:Gone but not Forgotten——消失但不是忘掉,这就是他们对历史的态度。英文原句我喜欢极了,Gone 和 Forgotten 在音节上的配合,在词义上的分端,用得太好了!

1912 年的时候,阿伯茨福德已经是一座 160 岁的老宅了,不过它一如既往生气勃勃。这可以从素描画上得到印证。它不能预测未知的命运,却能频频回首来时的路。

1752 年,这幢房子落成于思古河岸边的邑秋乡野。那时候,费城是世

界上仅次于伦敦的第二大城市。接受英国王赐地的贵族,为这片土地带来了殖民时期最初的繁荣。这幢大宅生于盛世,而时代即将发生巨变,一个崭新的美国即将脱离宗主国走向独立。

它经历了这场壮阔的变革。到1852年的时候,一幢百年历史的老房算得上是饱经人世沧桑的了。这里已经繁衍了几代人。

这幢老房子,迎来了它一生中最著名的主人。从此,房子有了流传于今的名字。

阿伯茨福德(Abbottsford)就是这座房子的名,但是却并不因为它的主人姓阿伯特(Abbott),而是因为英国著名的历史小说家和诗人沃尔特·司各特生前建造的位于苏格兰乡村的美轮美奂的家就叫阿伯茨福德。

司各特出身于爱丁堡古老的家族,生于1771年,卒于1832年。生前获得国王授予的爵位。阿伯茨福德是他精心打造的一座郊外宫殿。他买下一个农庄,继而买下周边大面积的土地(资料显示为1000英亩,即10个邑秋小镇上的费城大学那么大,简直不可思议),自己设计图纸,打造了这座世外桃源。豪宅里布满了贵重的家具、名画,图书馆藏书达9000册。

巧合的是,美国南北战争前,买下邑秋这幢百年老宅的是一位叫Frederick Abbott(1821~1897年)的知名人物。阿伯特先生既贵且富,生前曾当选费城立法部门和教育部门决策人物。他跟沃尔特·司各特有关系。

这位阿伯特先生非常崇拜大作家司各特,是一名超级粉丝,邻居、朋友人尽皆知。当他成为老宅的主人后,周围的人们调侃地把这幢房子叫作阿伯茨福德,仿佛不如此便无以表达这位司各特的崇拜者对偶像的仰慕、追随之心。

所以说,邑秋的这幢阿伯茨福德,是聪明的人们一呼百应、口口相传而来的。

素描画上所绘1912年的阿伯茨福德,已经是阿伯特先生去世以后的十五年了。也许,那里住着阿伯特先生的后裔,也可能,房屋又有了异姓新主人?我不了解。

冷峻的现实是:它已经消失,It's gone。阿伯茨福德再也无从寻觅。

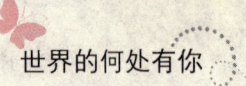
世界的何处有你

如果你徘徊于它的旧址,这里早已物非人非,嘈杂的高架桥、挤挤挨挨的局促屋舍、尘土路面,你仿佛无所适从,夕阳下,深长叹息那随风而逝的历史……

欺人只能一时,而诚信才是长久之策。
——约翰·雷

蘅蕤路 3901 号

金色的童年有数不尽的欢乐，道不完的趣事。这里曾经是格蕾丝·凯利的家。它走过了充满着孩子们欢笑声与脚步声的 20 世纪 20 年代、20 世纪 30 年代、20 世纪 40 年代，而渐渐冷落下来……

　　夕阳把麦克迈卡尔公园映成一片金色的树林，而月光又为它披上清辉。变幻的光影，将瑰丽的油画与黑白的照片两者，自由交替、切换，这是时光的魔法。

　　夜里我读着从邑秋图书馆借来的关于凯利（Kelly）家族的书，翌日黄昏去麦克迈卡尔公园散步，神奇地发现，书中那些黑白照片都在阳光下复原了它灿烂的色彩。望一眼毗邻公园的蘅蕤路 3901 号屋舍，好像就看到了三个女孩子明丽的身影。

　　蘅蕤路 3901 号曾经是格蕾丝·凯利的家。她的父亲是 20 世纪 20 年代思古河上著名的划艇赛手，获得过两次奥运会冠军，此后成为富甲一方的实业家，竞选过费城市长。格蕾丝家中有三姐妹和一位兄弟。

　　这条路叫 Henry，是英文"家"（home）和"权利"（power）两层意思的复合。凯利家面对着蘅蕤路，侧靠 Coulter 路。Coulter 的意思是少壮的骏马，表示"欢快、活泼"之意。这一带的房子多建于 20 世纪 20 年代，墙体多用石头垒成。凯利家及他们的邻居们，都是当初这些堪称"乡间别墅"住宅的第一任主人。

　　金色的童年有数不尽的欢乐，道不完的趣事。

世界的何处有你

那时的邑秋小镇上有一座医学院，凯利的妈妈常常帮忙各种事务。有一年春天要举行募捐，孩子们也志愿助一臂之力，想出的方法是摆摊卖花。花从哪里来呢？机灵调皮的孩子们夜里翻过篱笆，溜进邻居老布朗先生的花园，偷偷地采走了他的紫罗兰花，又潜入别的邻居家，在花圃里东盗西窃。第二天早上，孩子们在家门口叫卖这些花，甚至挎着篮子，嘻嘻笑着去附近人家门上兜售。面对这些可爱的孩子，谁都愿意掏钱买下这些他们摘来的鲜嫩花朵，哪怕就是从自家院子不翼而飞的。

最有趣的是，邻居老布朗先生对自己面积庞大、花草繁多的后院林子压根儿不管，他一点儿也不知道那里绽放着成片的紫罗兰花。

秋天的时候，邑秋林子里的苹果树掉下一地的苹果。凯利姐妹和小伙伴忙着捡拾苹果，拿去自己的房间即孩子们的休息游艺室内又烘又烤，享受着忙碌的过程，乐此不疲。家人怕孩子们用火不慎引发危险，硬是把炉子（原是取暖用的）送走了事。这个炉子送给了当时位于邑秋的一处防空庇护所。

这个时候应该是二战期间的 1941 年之后吧。罗斯福总统签署了宣战书，大城市纷纷抢修防空洞，士兵应征入伍奔赴各战场。

战争过去以后，凯利姐妹出落成亭亭玉立的少女，开始在邑秋的老学院剧场（Old Academy Players）演出舞台剧。有一次格蕾丝发麻疹而无法登台，她的角色由妹妹替演。

1955 年，格蕾丝的妹妹在邑秋小镇的圣·布里奇特教堂举行婚礼。人们听说刚获得奥斯卡最佳女演员金像奖的格蕾丝将是妹妹的伴娘，于是簇拥在教堂门口，想一睹影后风采。当载乘着新娘的婚礼豪华轿车驶近，人们涌向车窗往里看，此时站在一旁激动不安的新郎和他的伴郎却听到人们说："呀，车里没有人啊！"

——人们在车中没发现格蕾丝，竟然脱口而出这样的话。

同一年，格蕾丝在戛纳电影节上与摩纳哥王子雷尼埃邂逅，他们很快相爱，第二年结婚。

1959 年的感恩节，格蕾丝和雷尼埃携孩子返蘅蕤路 3901 号与家人团聚。宾客满座喝着鸡尾酒，却迟迟闻不到火鸡香味散发出来，姐妹们和母亲奔去厨房一看，才发现原来是母亲忘了启动烤箱开关，火鸡还是冰凉的。幸亏姐姐家也就在近旁，她赶紧回家取来了一只香喷喷的火鸡。

这是全家最后一次共度感恩节。凯利先生 1960 年夏去世。蘅蕤路

3901 号走过了它充满着孩子们欢笑声与脚步声的 20 世纪 20 年代、20 世纪 30 年代、脚步声的 20 世纪 40 年代，而渐渐冷落下来。老先生离世以后几年，这座房子卖给了别人，另一场人生之旅开幕了。

竹之可贵，在于有节。人之可贵，在于有诚。诚信善行，可尊达贵。
——方海权

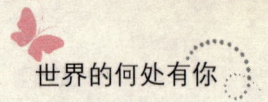

别了贝拉庄园 1928

整座房子由石头砌筑，非常坚实。庄园掩映在层层密密的林木之中，贝西在贝拉庄园从一个小女孩出落成端庄、丰满的少女……

　　带着忧伤的神情，年过半百的奥特姆斯夫人轻轻说出"Goodbye"好像一本书到了最后一页，End，你只有将书合上。

　　这是1928年的某一个夜晚。此时的美国处在经济大萧条（1929～1930年）的前夜，不远处的华尔街已黑云蔽日。

　　奥特姆斯夫人是费城纺织业大王都伯森兄弟家族的第二代。从美国南北战争起，到经济大萧条，半个多世纪以来都伯森纺织厂一直是邑秋的经济命脉。没有想到，随着父辈的过世，一个时代终结了。

　　本名伊丽莎白（昵称贝西）的奥特姆斯夫人是爹地的掌上明珠。她从小生活在贝拉庄园，直到1890年代嫁给富商奥特姆斯，离开童年、少女时代的贝拉庄园。1928年，贝拉庄园即将被夷为平地前的告别之夜，她应邀参加聚会，发表了向贝拉庄园告别的演说。

　　邑秋小镇上，称得上庄园（Manor）的，仅Bella Vista这一处，当时的邑秋人就直接把它叫作The Manor——庄园。小镇上别的豪宅，英语都用Mansion称之，意思是公馆、宅邸。

　　这座庄园的芳名"Bella Vista"是贝西的父亲取的。Bella在拉丁语和意大利语里均表示"美丽、卓越"，是赞叹语。Vista在英语里是"长景、展望、回想"这些意思。这个名字于这座庄园自然是非常般配的。

据说房间里的家具，满是 1876 年在费城举办的世博会上的获奖精品。这一年，美国建国一百周年，它要向全世界展示一个新兴工业国家的崛起，一个美国时代的到来。这也正是都伯森家族的黄金时代。

整座房子由石头砌筑，非常坚实。庄园所在的高地，俯视整个厂区和邑秋田园村庄。庄园掩映在层层密密的林木之中。

Bella Vista 的邻居即上文讲述的 Abottsford。贝拉庄园建成于 1875 年，比竣工于 1752 年的阿伯茨福德晚一百二十三年。都伯森先生一家与司各特崇拜者阿伯特先生毗邻而居。

这两幢房子，虽生不同时，却一起赴亡。1928 年，贝拉庄园和阿伯茨福德等被夷为平地，继之而起的是一座医学院及附属医院。贝拉庄园留下的遗迹，是一座宽敞的马厩，在如今的蘅蕤路旁，后来被医学院改建为旅舍；另一处遗迹是庄园古典式豪门两旁的石柱，现仍然立于瑞奇路上，以前由此入内，则通往坡上的深宅大院，现在是车水马龙之地，几条路的交叉口。

不知是哪位有诗意的人，想到将贝拉庄园老房子上的一些石头，象征性地用于新舍的地下奠基中去。在奥特姆斯夫人的贝拉庄园告别致辞中，她不无深情地说道：这对我是一个安慰。

贝西在贝拉庄园从一个小女孩出落成端庄、丰满的少女。照片上的她看起来如同希腊石膏像女神。她斜斜地倚在窗边，室内帷幔重重、光线幽暗，窗帘拉开一角，光线投射在她绸缎、裘皮制成的华丽服饰上。

贝西的父亲，老都伯森先生逝世于 1926 年。翌年，都伯森纺织厂歇业，它再也没有等来重振旗鼓的时机。

1875～1928 年，只 53 年，豪华、气派的贝拉庄园从邑秋湮没了。如今这一区域房屋频密，交通杂乱，铁路、高速公路、公交车路线都于此穿梭而过。都伯森纺织厂的大烟囱孤零零地伸向天空，似乎在诉说着什么……

当信用消失的时候，肉体就没有生命。

——大仲马

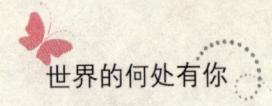

世界的何处有你

一幢房子的前世今生

这幢形象粗放的房子，是上世纪初期所建的邑秋小镇的公共澡堂。冬天常见很多劳工排队等候洗澡，而在夏天，浴室开设游泳池，吸引大大小小的孩子来玩水……

　　文史果然是不分家的，小镇的图书馆收藏了不少本地史料，包括邑秋各时期的地图。邑秋历史爱好者协会（简称"史协"）也常常借用图书馆，开展各类历史讲座与活动。

　　"史协"为了推动邑秋居民对历史的兴趣，主办过一个参与性很强的活动，叫"追踪潜藏的家史"（Trace the Hidden History of your own House），英文 house，非 family，显然并不是关于家族血系的寻根，而是给所住的房子找它的前世今生。

　　每一所房宅，都有属于它的社会历史。你是否想过你的房子造于哪一年？谁设计了它，又是谁建造了它？早期的主人是谁？以后又住过谁？年复一年，你的房子改观过吗？它有着怎样的历程？……

　　"史协"提出的一连串问题，可把人给难倒了。当然，它就是以此让大家拭目以待——等着老房子的故事一个个揭晓。

　　Trolley Car Café，有轨电车咖啡餐厅，位于邑秋的双桥桥堍附近。外形很土，很笨重，但全身穿戴一新，不可小觑。鲜红色的拱形大门，四周饰以石材。墙体的红砖和屋顶的黑瓦，都重新上了色，红黑生动，对比明显。该店的招牌,高高挂在正门上端的空间位置,浅蓝色的衬底,上面行驶着一列有轨电车,草书 Trolley Car Café,下面再加一行印刷体字 At the Bathey, East Falls.

Bathey 这是什么地方呢?它,是上世纪初期所建的邑秋小镇的公共澡堂。当时这幢形象粗放的房子,为小镇居民,尤其是大量纺织工人家庭,提供了切实的服务。冬天常见很多劳工排队等候洗澡。浴室在夏天开设游泳池,吸引大大小小的孩子来玩水。

Bathey 是邑秋当地人自己给它起的名,词根 Bath 是洗澡、沐浴之意。它后来不再是澡堂了,但人们依然这么叫它。所以,Trolley Car Café 招牌上的文字,读作"有轨电车咖啡餐厅——在邑秋镇澡堂"。

Bathey 是在 1957 年关门的,公共澡堂退出了历史舞台。菲尔芒特公园买下了这幢古怪的老房子,一时却也想不出派什么用处好,便堆放工具和杂货。没想到多年下来,它渐渐成为一座弃屋,里面的东西也都被遗弃,无人过问,屋子里尘网悬梁,屋顶严重腐烂而漏雨。

邑秋的人们也遗忘了它。双桥上车来车往,它在桥堍下破衣烂衫。路人经过,常常用"诡异"一词来形容它。

整整五十年以后,"邑秋发展集团"(注:一个以房地产开发和商业发展为主的开发商)终于向它投去一瞥,随之萌生要改造它的念头。

他们最先的设想是将它改建成邑秋小镇的"门户",立一个"邑秋欢迎您"这样的牌子,Bathey 摇身成为访客中心,提供地图、旅游手册、洗手间,顺带附一个小卖部售明信片,就像很多旅游小镇和古镇都做了的那样。不过,这个蓝图最终没有通过论证,只得作罢。

于是乎,第二套方案出台:改造为一个餐馆。这回通过了,但受到了来自菲尔芒特公园史迹保护信托社(Fairmount Park Historic Preservation Trust)的抗议和压力。

最后在开发商发誓维持老建筑原貌(他们呈上了装修工程详图)并力证一个饭馆儿对邑秋及民众的大大裨益之后,才终告成功。这个过程用了两三年时间。

我有点儿怀疑招牌上店名下面的一行字,说不定正是史迹保护信托社

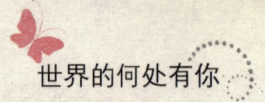
世界的何处有你

的主意。

  2010年6月3日,彩色气球飘扬,奔放的音乐震响,"有轨电车咖啡餐厅"隆重开业。百年老屋迎来了它的第二次生命之旅。

如果要别人诚信,首先要自己诚信。
——莎士比亚

一座弃屋的守望

二十年里,它羡慕别处的楼宇有人进进出出,别的屋舍被装扮成小店。而它什么也没有。数度在夕阳中,它错把路人当成远归的主人……

小镇上的路太安静了,一条条街区仿佛在阳光下沉睡。

康拉德路开着一些店所,理发店、小餐馆、花店、干洗店、杂货店、脊柱按摩诊所等,为附近居民提供日常生活所需要的服务。这些店的门面和橱窗装饰各异,为这条街添加了几抹动人的颜色和风情,却并未改变它一如既往的宁静。

走到康拉德路快靠近尽头的地方,会看到一座荒园,这里人去楼空杂草丛生。外墙上石灰脱落,裂痕斑斑。一楼的窗口全部封订了铝片,但向二楼望去,就可以看到几个敞开的黑洞,所幸视线穿不透二楼的房间。

这幢房子已了无生气,空无一物。在灿烂的阳光下走过,人们也脊背发凉。

没有人再愿意传说它曾经的活力,壁炉里火燃得正旺,还是秋千架上孩子笑得正欢,都已无声无息。像所有的老屋一样,现在它被人交头接耳,"鬼"闻疯传。有人在月夜看到屋里有异样的黑影,还有人在雨夜听到荒宅里呜呜呜的泣吟。白天的亮堂更无法掩饰它破衣烂衫的面目,人们只好用"丑陋"(ugly)和"凋萎"(blighted)来形容它。

这是一座历经风雨,又饱尝世态炎凉的弃屋。它最后的姿态是遗世独立。它周围的人已有所行动,他们写信给邑秋社区委员会(EFCC-East

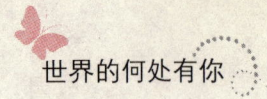

世界的何处有你

Falls Community Council）要求以邑秋社委会的名义，致函费城市议会议员琼斯先生（他职权所辖邑秋小镇的事务），请求帮助居民社区将此弃屋夷为平地。二十个月后得到市政厅批复：康拉德3342号弃屋将在今年五月进行Sheriff's Sale.

Sheriff在美式英语里是"司法长官"的意思。Sheriff's Sale指的是由法院判决并有司法长官主持的强制拍卖。

也就是说，这座弃屋即将迎来新的命运。是买下后精心修缮呢还是推倒重建呢？现在还不可知，但毫无疑问，这幢房子不会再保持目前的被弃状态。它已经空守二十年，屋顶漏了雨，门窗褪了色。身心俱疲，里外是伤。那神秘黑影和呜呜泣吟是它冷却的心投下的暗影、发出的呜咽。

二十年里，它羡慕别处的楼宇有人进进出出，别的屋舍被装扮成小店。而它什么也没有。数度在夕阳中，它错把路人当成远归的主人。无眠的夜里，它怀疑头上的星星是不是曾经房间里那些灯盏？为什么它们忽然如此遥远？一下子，它不知道自己是在哪里。更有一次，它听到一个脚步声走到了门口，它紧张地屏气，几乎听到门锁开启的声响，它满怀期待，却再一次失望——那只是派送广告的生人，走上台阶，从门缝里塞进一张纸。

一座弃屋的二十年就是这样过去的。我实在很责怪当初抛家而去的屋主。为什么二十年不住、不回，也不卖？也许，他也是无奈的？一座弃屋的沧桑，想必也牵连着一段人生路上的沉沦。月夜的黑影和雨夜的呜咽，会不会就是他？

每一幢房子，每一块地，自有属于它的命运。Sheriff's Sale也是这座二十年弃屋命里的一个定数吧，但我无法确定此刻它的忧喜。

要有朴实的心态，言语不要自夸高大，关心他人而温言，实在而不失大气。

——方海权

第七辑 故园

悬置的漂流

它被推倒、清场，邑秋以这样的方式与它曾经的历史和工业时代一次次切断。不过，事情又有峰回路转，开发商将之买下，投入重金，把残破老厂区改造成一个别具风格的艺术人士汇聚区……

　　思古河边有一条长长的火车线，从上游的诺瑞士镇顺河蜿蜒南下，至邑秋，然后取道费城北区，经过一段地下轨道，抵达费城市中心。

　　火车驶出邑秋站后，望向窗外，不停地见到废弃的厂房和烟囱，它们破败而庞大，似乎依稀可辨那个被誉为"世界工厂"的费城曾有过的盛况。

　　有一根烟囱上，竖写着D-O-B-S-O-N的字样，这便是当年大名鼎鼎的都伯森纺织厂所在地。

　　都伯森兄弟是一百五十年前的费城纺织业大亨，他们在思古河岸边开阔的岩壁地带设厂。盛期工人达一万一千名，车间、厂房计19幢。之后工厂继续扩张，然而在两位兄弟相继过世后，纺织厂很快关闭。此时正是美国1929年经济大萧条的前夜，黑云已压城。

　　都伯森王国被摧垮了。此前，1891年都伯森纺织厂的主楼曾毁于一场大火，损失惨重。同一年由于工人大规模罢工，被迫停产。曾经可谓大难不死，如今却终究难逃宿命。

　　到2000年的时候，退役的都伯森纺织厂已逾150岁，它早已在岁月中老去，沦为荒凉的废墟，被人们遗忘。

　　某日，一幢老厂房的上面一层呼啦垮下来，压在下面一层上，与地面垂直的墙像脊柱一样弯了腰。有人立即致电 L&I，L&I 这个缩写看起来就鬼头鬼脑的，指的是稽查处（Department of Licenses and Inspections），有权对违章或危险建筑施行强拆行动。这幢老楼就这样被人暗中举报、告发。

早于它而成为废墟的老厂房都不曾有人理会，但这一幢靠近路边，人们当然警惕。它被推倒、清场，邑秋以这样的方式与它曾经的历史和工业时代一次次切断。

不过，事情在之后又峰回路转。姓氏为"谢尔曼"的开发商买下了这幢坍塌老楼与周边地块，投入重金，把残破老厂区改造成一个别具风格的艺术人士汇聚区。令人想起了纽约的格林威治村，巴黎的左岸拉丁区，以及那里自由的流浪文化生活。

这里有了新的名字，谢尔曼工坊。这里有一种很奇怪的底蕴和气质，疑似一些深处的灵魂，在倾诉和波动。

我一直相信，时间是有重量的，所以老地方都有一股令人倍感强烈的冲击力。

纺织厂原址上一幢幢相连的厂房，坚固而大气，经规划，分设住宅区、生活区、工作区，变身为公寓、商店、健身房、画室、制作室、排练厅、咖啡馆、沙龙聚会点等处所。广场上铺设着很好的路面，桌椅、花卉招待着来此闲逛的游人歇息。走在广场，感到这里浓郁的十九世纪街区风貌将是非常不错的电影外景地。

谢尔曼工坊是一个另类的地方。艺术家在商品、科技时代，本来就是另类的。广场深处的天空中，有一幅极挑战视觉的现代抽象艺术作品——四个庞大的铝色钢圈，高高悬浮在空中。走近了才发现四个圈之间有细细的钢丝支撑、连接。

不过它们看上去实在像是四个无所依托的圈儿，坚硬、中空，漂流在河床一般的天空上，阳光将它们投影于地面。这幅作品命名为 floating，漂流。

我感到其中似乎有很深的用意。联想到 150 年前创建的都伯森纺织厂，在思古河边成就过一番纺织大业。然谁主沉浮？唯有问天。也许人间万象，繁华或凋零，注定了来去于天地之间。是不是有这样一种谕示？不得而知。

也很可能，这四个圈，表达了艺术家内心的一种精神。这是四个沉重的钢圈，象征了我们所处的这个强劲的工业时代，生活是笨重的、机械的。艺术家敢于将沉重抛向天空，无畏地追求蓝天和自由。

人类最不道德处是不诚实与懦弱。
——高尔基

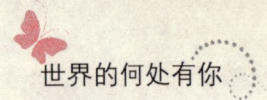

世界的何处有你

宅顶上孤独的鱼

艺术家们在这幢老屋的门廊顶上,留下了一条大鱼。它就是叫Waffle的鱼,是小镇的吉祥宠物。这鱼是思古河里的猫鱼,是早先居住在河流山谷的印第安人捕捉、食用的鱼……

  美国很多小镇都有自己的吉祥物。青蛙、土拨鼠、无头鸡麦克(Mike The Headless Chicken),都可以登大雅之堂,成为一个地方的吉祥宠物。而在邑秋,它是一条叫Waffle的鱼。

  从行人岛入小镇,见到的第一幢房子像极了一艘航船,仿佛从思古河驶来,船头对着瑞奇街。它从上上个世纪起,就停靠在这里,先后成为石匠的工地大厅、五金商场、熟食店和菜市场,都一一没落。

  后来房地产商谢尔曼先生购下这幢房子,但他似乎也没有想好应该让房子作何用处。此时他已买下都伯森纺织厂的车间,改造成公寓和艺术工作室,连费城芭蕾舞团也租下一个大场地练舞,昔日纺织厂成为今日艺术村。

  既然跟艺术家们颇有交情,谢尔曼先生干脆把瑞奇路上这幢房子的一楼免费给艺术家使用,让他们陈列作品,既吸引公共视线,也促进艺术家的交流,这里就是一个画廊和艺术沙龙。谢尔曼先生好事做到底,他出钱把房屋内外刷新,还重装供暖设备。

  这一年邑秋的艺术家们活跃在这幢曾经的石匠工场,给这艘老船和它停靠的这个港湾聚积了一股浪漫的风情。橱窗里摆放着摄影、油画、装饰物，白得耀眼的厅里竖立着一些雕塑作品，四墙上也都是画。走过这里，人的想象力会飞扬一番，就像是在高高的船头，乘风破浪而行，思绪飞扬，心灵鼓胀。

当时这群艺术家的沙龙叫 Infinite Inch，无限方寸，这是个好听又别具意味的名字。

这时另一些艺术家看上了空置的二楼，他们是一群舞蹈者和戏剧表演者。在他们眼里，这幢房子的二楼是个绝佳的剧院。化妆更衣室、舞台、观众席和包厢，在旁人眼里的"无"，却在这几双眼睛里都"有"，一目了然，理想中的剧院就在眼前。

艺术家们非常喜欢这幢老房，说它是这个小镇的铁锚（注：这个英文比喻强调的是锚的重要性，一个锚，能固定住一艘船。说某某像铁锚，相当于中文里的"力挽狂澜""挽大厦于将倾""一锤定音"这些意思）；还说它是一块未经采用的钻石。艺术家们将它视之为宝，希望它成为费城西北地区的一个视觉艺术与表演艺术中心。

然而遗憾的是，谢尔曼先生并没有无偿借用二楼的打算。而且，在一年半以后，他也收回了一楼的门面。但是，这几年美国经济不景气，在居民区开任何店都似乎无法赚钱。

艺术家们搬出后，在一楼做生意的一家店维持了几个月也黯然歇业。从此这幢楼一直空置。

艺术家们在这幢老屋一楼的门廊顶上，留下了一条大鱼。它就是叫 Waffle 的鱼，是小镇的吉祥宠物。这鱼是思古河里的猫鱼（catfish），也是邑秋所在的河流山谷地带早先居住的印第安人捕捉、食用的鱼。

殖民者从欧洲来了以后，沿河建起小镇，邑秋早期客栈里，华夫烤饼（Waffle）和猫鱼是两道常见的伙食。给猫鱼起名 Waffle，也算是一箭双雕了。

宅顶上的这条鱼，是用白色 PVC 管勾勒鱼的外形、骨骼而成的，配以太阳能灯产生霓虹效果。

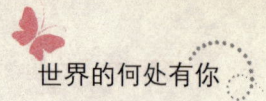

世界的何处有你

  鱼头上眼睛的上方有一个红色亮点，鱼身四周连缀着幽蓝色灯，PVC管晚间呈柔和的金黄色彩。

  只是，白天的时候，这条鱼惨淡地横在船头上，露出一副白骨。这不仅仅因为没有了灯光的映衬，更是因为渔人已去，码头空寂，它怎能不孤单？

>>>
两心不可以得一人，一心可得百人。
——《淮南子·缪称训》

第八辑

近邻

邑秋人说：不管我们之间的相聚是安排的也好，还是不期而遇的也罢，我们给你满怀的爱……到处是美丽的园子，到处是动听的赞美。人们的干劲更足了。好邻居的"好"似乎主要是指对公共利益带来的好，是对社区的贡献。

世界的何处有你

大烟囱路的爵士乐（Jazz）

那一刻阳光在起舞,时光在歌唱。老爵士乐围绕着老房子,昨日再来。那幢房子,面向荒草乱石,背后是都伯森纺织厂经历过南北战争动荡变迁的大烟囱,近旁两条铁轨线,伸向一望无尽的远方……

　　明媚的阳光在春天的大自然中跳舞,它邀请我也身随心飞,在小镇徜徉、步舞。

　　花瓣也在飞舞,轻旋婉转,翩翩落下。我的足下小心翼翼,避开砖石路上那相挨紧密的粉红色花瓣儿,从侧旁,零星几片之处踮脚而过。

　　走到了小镇的街市上,饭馆、酒吧、加油站、车站,车来人往,尘世喧嚣。走过这份热闹,沿着瑞奇街继续往前。我知道这样就要从小镇外围有着几个大烟囱的原都伯森纺织厂绕回家了。那条路也是弯的,叫司各茨路（Scotts Lane）。小镇上有两条弯路,一条是瓦尔登路,与费城大学接壤,深宅幽幽,是邑秋小镇的高尚住宅街区。另一条即司各茨路,挨着废弃的都伯森纺织厂,景象荒杂,可算是棚户区"下只角"了。

　　因为这里有好几根高耸的烟囱,我干脆给它起名大烟囱路吧。从瑞奇街走到这儿,就滋生出几条岔道,斜、歪、侧,几重红绿灯。要经受一番车辆马达的冲撞和轰炸,才逃生一样到了大烟囱路上。

　　缓缓向前走。路边一排屋子的中间一家,门廊布置得像是在开花市,彩色的招幡醒目地张扬在屋檐,还见一块堆砌着立体图案的装饰板,看上去有葡萄、水果、美酒。我大感好奇,这是一家店吗? 卖酒还是卖花? 这番风格,像是旅游景点区的客栈小店呢。我直直地盯着门,想看清楚有无

Open 字样。眨眨眼，不见有，也想不明白这到底是个什么所在。这里的奔放和浓丽，与周围的工厂废墟格调，很不相称，很是突兀。

忽然就听到人声和音乐声——我此时已经迈步，正经过这排屋子的东墙，东墙边是块空地，笑语声和爵士乐声就从那里传来，我侧身一看，几个黑人在室外休闲椅上坐着，音乐大放，烧烤吃喝。

一声"Hi"加一声回应，主人已经站到了我的面前，伸出手相握。黑人朋友在这个阳光明媚的下午将他们的开朗与热情分享给一个路人。我也乐意谈上几句。很快了解，他们租住在这儿，屋里住着一家人。首先起身跟我打招呼的是父亲，随后被他叫过来的年轻人是儿子。我夸赞他们的花漂亮，引人驻足观望，哪想到把黑人父亲逗得直乐，笑我连真花、假花也分不清。他甚至让我看一眼马路对面荒园里墙边的一丛郁金香，再看他窗台花槽里的。我发现确实大不一样！

谈话间，一只小跑着行路的宠物狗过来了，抬起头打量陌生人。三两个附近住户模样的人也溜达而过。吹管乐器发出一声声震动、回荡的旋律，为起舞的阳光伴唱。

那一刻阳光在起舞，时光在歌唱。老爵士乐围绕着老房子，昨日再来。黑人父子俩，那父亲长得非常像路易斯·阿姆斯特朗（Louis Armstrong），沙哑嗓音也相仿。阿姆斯特朗，美国爵士乐之父，爵士乐黄金时代的杰出代表，他生前和身后，无人能出其右。

在这样的场合听一曲老爵士，怎不叫人恍惚。头上是蓝天白云，背后是都伯森纺织厂经历过南北战争动荡变迁的大烟囱，面前是两位和善的黑人朋友。近旁两条铁轨线，伸向一望无尽的远方。

大烟囱路的爵士乐，给了我一个非常特别的下午。那幢房子，面向荒草乱石，春暖"花"开。回想起来，甚至怀疑仙女的魔仗施了法术。不敢再回去，怕那里什么都已不在⋯⋯

真诚才是人生最高的美德
——乔叟

世界的何处有你

"好邻居"奖落谁家？

Sunnyside Ave.，这路名可真阳光，却哪里想到一天夜里……朵蒂女士一听声音就知道大事不妙，但她丝毫不顾个人安危，第一时间冲出家门跑到邻居家查看……

在邑秋获 The Good Neighbor Award（好邻居奖）是风光而荣耀的。获奖人的照片与事迹登在报纸上，手上拿着证书和奖金支票。一年只有一次、一人获此殊荣。

今年的好邻居获奖者是辛迪女士，是邑秋"护树人"（Tree Tenders）组织的创建者。她为邑秋的绿化筹款，并发动种树护树志愿者。她紧密联系青少年、孩子，带领他们参观植物园，参加植树节活动，还开展"一本书一棵植物"（a book and a plant）的活动，为学生提供栽花种树的知识和实践。

历年来，辛迪和她的护树人团队为邑秋栽下了成百上千棵树，收获了春天绚丽的花开和夏天浓密的绿荫，她对社区的贡献是有目共睹的。

前年的获奖者是瑞奇路上的居民艾莉丝。她把一块任人糟蹋的废弃荒地变成了一个整洁的街区公园及篮球场。这块地早先是瑞奇路上一家旅舍和附属院子，后来旅舍倒闭，再后来变成危房而拆除，留出一大块空地，不多久就是一副邋邋不堪的样子——荒草丛里停着一条破烂的船，建筑垃圾随处堆积，街边车辆滥停。

艾莉丝看不下去了。1998 年她召集一些居民成立了"旅院公园之友"（Friends of the Inn Yard Park）开始为这块地的旧貌换新颜而奔走。她经过了一个类似秋菊打官司的过程，终于讨得最后的说法，获得有关批文，将这块地建公园。种了花木，铺了草坪，立了篮球架和别的一些健身器材，公园剪彩典礼那天，费城市政厅议员也来发表了讲话。公园建起以后，艾莉丝和她的"旅院公园之友"转而为公园做义务维护工作。艾莉丝甚至筹款五千元，为公园安装了一套灌水系统，以便于树、灌木、花草的浇灌。

Inn Yard Park 大受欢迎，成为瑞奇路居民常去的室外活动场所，特别是它的篮球场，吸引了很多黑人青少年。下午放学后的时间，这里汇聚了很多新一代"乔丹"。

艾莉丝获得"好邻居"奖，也是实至名归的。好邻居的"好"似乎主要是指对公共利益带来的好，是对社区的贡献。

但也有一年，就是去年，获得好邻居奖的朵蒂女士可谓一特别个案。朵蒂女士家住朝阳路（Sunnyside Ave.），这路名可真阳光，却哪里想到一天夜里这儿发生骇人的枪击案，朵蒂女士的邻居莫名其妙遭到射击，凶手逃之夭夭。邻居受到极大惊吓，而且中枪受了伤，朵蒂女士一听声音就知道大事不妙，但她丝毫不顾个人安危，第一时间冲出家门跑到邻居家查看，陪伴在受伤的邻居身边，帮忙报警，又施以安慰与急救。

后来，这个不幸的邻居告诉别人："要不是朵蒂赶来了，我真的不知道怎么办好。我是如此感激她，在那个夜里我遇到了枪击，她帮了我。不幸中的大幸是我有朵蒂这么个邻居。"

朵蒂因为她的见义勇为精神而被评上年度好邻居奖。她对获奖非常意外，而且一时无法接受这个奖，推辞再三。朵蒂说她只是做了应该做的，发生那样的事，哪个邻居都会这么做，所以不能因此而表彰她。

朵蒂的好邻居奖只好由颁发方暂时代领。这也是好邻居奖历史上一个有意思的插曲。也许以后评奖时要先讨论"突发事件及人物"是否参评的问题。

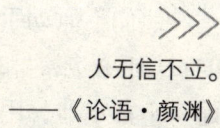

人无信不立。
——《论语·颜渊》

世界的何处有你

开心农场的花果蔬菜

她忧心那些古老而纯正的品种，会不会有一日消失得无处寻觅。3000平方英尺的农场，是莉斯对传统的一个坚守。种菜园子比打理草坪有趣多了！

　　一场清新的雨，把各家的草坪下得更绿、花儿更娇艳。树又拔高了，枝叶愈加茂盛。小镇上，草坪多，花园多。

　　不过，要问谁家拥有一个菜园子，那恐怕只有乔治和莉斯他们家了。他们的家离铁路和车站较近，很容易被人看到。每天，很多人经过这里。让邑秋人无比惊讶的是，一个梯层式的农场（farm）跃然眼前。

　　你看，车库的顶上是南瓜园吧？再看后院，田垄、阡陌、支架、围栏，一畦畦菜地开垦得整齐而多姿，蔬菜水果种植得井井有条。那个凹形的盆地，种满了菜苗，原先是游泳池吧。环绕着屋子，还有好几块不规则的地，长着向日葵和虞美人花。

　　这里发生的变化是如此令人瞩目，并且也激起人们巨大的好奇。乔治和莉斯的故事就传播了出来。

　　四年前，车站附近这个破败的老房子低价待售。房子很大，有4000平方英尺，却年久失修。挡土墙倒了，后院是一片荒草、碎石和乱七八糟的东西。不少看房人见了后摇头离去，乔治和莉斯却合计买下。

　　他们不但动手把房子修好，还一步一步地整出了一个3000平方英尺的农场！游泳池和车库顶都被他们填土，辟为菜园。两人还在院子的一角建了个蓄水池，雨天屋顶的水流，经由雨水管奔泻而下，注入蓄水池，晴天用于园中灌溉。

乔治和莉斯并不是农夫、农妇，为什么要自己耕种农场呢？乔治说："因为种菜园子比打理草坪有趣多了！我就是不喜欢开草坪机嘛。"莉斯说："我小时候家里也有个菜园子，每到夏天，我和我兄弟都有机会专侍一种蔬菜，这大概就是我爱好园艺的源头吧。"

他们种了些什么呢？绿色莴苣菜、酒红色小圆萝卜、紫色茄子……还有芝麻菜、韭葱菜、莙荙菜、辣椒、草莓、覆盆子果……多得吃不完。怎么办呢？莉斯就在家门口摆一张长桌子，把他们太丰富而多余了的收成放在桌上，卖给从火车上下来的回家的人。

邑秋人很喜欢这些蔬菜，除了新鲜（fresh）以外，还品尝了 heirloom 的味道。Heirloom 字典上的意思是传家宝，Heirloom Plants 指的是靠天然授粉繁殖的农作物，代代相传，品质纯正。这跟人工培育并广泛种植的杂交农作物 Hybridized Plants 是不同的。

莉斯说，她种这个菜园子，就是出于对 Heirloom 农作物的钟爱。她忧心那些古老而纯正的品种，会不会有一日消失得无处寻觅？3000 平方英尺的农场，是莉斯对传统的一个坚守。

我也不由地想起了小时候我妈妈在农村下乡，我们的家：屋檐下种着扁豆，在墙上瓦上开花、结果，采摘的时候要架了梯子爬上去。院子里种丝瓜、种南瓜，都开黄色的花，引来蜜蜂嗡嗡嗡忙个不停。结出的果实一开始总是躲在叶下，我要东瞅西瞧，才欢喜地发现这里一条丝瓜，那儿一个南瓜。等到它们长大，就非常显眼了，猫儿也对着它们呆呆地望。

乔治和莉斯的农场无名，就像童年记忆中的农家小院一样。这是一个开心农场，让我想起小时候的一首歌：走在乡间的小路上/暮归的老牛是我同伴/蓝天配朵夕阳在胸膛/缤纷的云彩是晚霞的衣裳/笑意写在脸上/哼一曲乡居小唱/任思绪在晚风中飞扬……

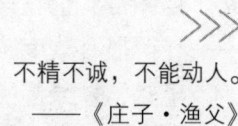

不精不诚，不能动人。
——《庄子·渔父》

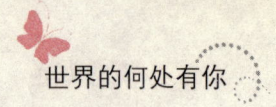

世界的何处有你

夏绿蒂的花花草草

她有一个非常玲珑的名字，带着花草香气。她长得像一朵郁金香花，红得很有浓度感的绒围巾，托起她花瓣一样甜润的笑……

邑秋的玫丹薇路及两条相邻的路，2009 年被列为费城历史街区（Historical Area），同时又获得费城景观园艺协会授予的绿色街区称号（Green Street）。这里，精致的英国都铎式古屋相连，绿树成荫，花开繁复。

常常看到住户在自家院子里忙碌，弯着腰伺弄花草。牵狗散步走过的人都会送上温馨的奉承："唔，这花园真漂亮啊！"

到处是美丽的园子，到处是动听的赞美。人们的干劲更足了，谁也不甘落后，要把赞美落实！小镇上超市里的园艺货柜上，工具、养料、盆、罐、装饰点缀物……一应园艺相关物品俱全，纷纷流往各条街上的邑秋人家院子中去。

不过，要想拥有一个人见人夸的花园，成为人人景仰的园艺能手，你还是得读《邑秋人报》上夏绿蒂女士的花草专栏哦。

夏绿蒂女士全名 Charlotte Kidd，非常玲珑的一个名字，带着花草香气。她是一位教育学硕士，职业是：花草专栏作家、园艺家、园艺教育家。夏绿蒂女士长得像一朵郁金香花，这是我看到她头像小照的第一印象——红得很有浓度感的绒围巾，托起她花瓣一样甜润的笑。

果然，夏绿蒂最钟爱的花应该就是郁金香了！你看，她给邑秋居民的广告小名片上，右方以五分之四的高度印着一株盛放的郁金香，很像童书里的插图。而文字信息非常简洁,整个版面看起来清新舒适。

　　汉语里有"文如其人"一说,我想夏绿蒂女士一定深以为然,所以她才会这样来看待花园与人的关系:花园是人所营造的,你是怎样的人,常常从你的花园体现出来。(Gardens are made by people. Who they are usually comes through.)

　　夏绿蒂女士在《邑秋人报》上写花草专栏。她的文笔非常好,心思细腻。有时候配一幅她自己的花木摄影。

　　我曾在报上读到她关于颜色的一些见解,她把个人经验生动地穿插在文章里,读来很有意趣。她写道:"走过一个花园,红色、橘红色、青黄不接的颜色,挤在一起,把我搅得一阵目眩,赶紧掉头离去。"那么能让夏绿蒂驻足观赏的花园应该是什么颜色的呢?粉红色、紫色的搭配,是她的最爱。粉红的大波斯菊(cosmos)和紫色的鼠尾草,间以一束细白的香雪球花,让夏绿蒂感到放松而愉悦。

　　夏绿蒂说,粉红色是每个人最想闻一闻的颜色。如果花园里开放着粉红色的花,会让人有闻到了香味的错觉。要是你的花园花香淡淡的,那么加入粉红色就芬芳馥郁了。粉红色能加强你的嗅觉。

　　对于如何呵护花园中植物、花草的健康成长,夏绿蒂满腹经纶,而且能手到病除,抵得上一个救死扶伤的医生。邑秋小镇上的社团常常请她来做 workshop(参与性、互动性很强的培训会),居民们很乐意去听、去看,手把手学一些专家真传、绝招回来。

　　错过了机会不能亲临现场的邑秋人,也不用叹气。夏绿蒂女士的信箱与博客地址均通过《邑秋人报》公布给大众。你的去信、你的留言都会受到夏绿蒂女士的重视并立即回复。她带给你的,就像是邑秋人家的花园,为每一位路人绽放,不管你是近邻还是远客。这是美的境界。

精诚所至,金石为开
——《后汉书·广陵思王荆传》

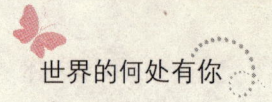

世界的何处有你

"可亲亲"小猫

古木掩映深处的房子里，稳稳站着一只猫，不动声色……有时候全家人都不在，唯独一只猫在大床上闷头睡着午觉。肥壮的大猫蜷着身，把厚软的被子陷一个坑。

　　一般来说在街上是看不到猫儿的，它们大多"宅"在家里。我的印度邻居有两只猫，一黑一白，也顶多跑到院子里，在树下跟花影相逐。
　　有时候走过古木掩映深处的房子，竟会瞥见窗子里面稳稳站着一只猫，不动声色地看着我走过。也有几次在周末的售房 Open House 里，全家人都不在，唯独一只猫在主卧室大床上闷头睡着午觉。肥壮的大猫蜷着身，把厚软的被子陷一个坑。
　　邑秋人对宠物如是说：我们为你奉上优越的起居，并给予满怀的爱，不管我们之间的相聚是安排的也好，还是不期而遇的也罢（by design or happenstance）。这所谓的"安排"当然是好理解的，指的是领养宠物从计划到实施这个很精心的过程。那么"不期而遇"又是怎么回事儿呢？
　　举个例子吧。去年秋天，三个男女开着辆破车，音量老大地放着劲歌，顺着瑞奇路蛮横地经过邑秋。突然，从车窗里扔出来一只小猫，小猫不及站稳就疯了似地跟着车飞奔，眼见追不上，它绝望地团团转，前后乱跑，凄厉哀叫。那杀千刀的三个弃猫犯驱车扬长而去。
　　这一幕被一对父子看到。他们震惊而心碎，赶紧上前把小猫救下。这对父子姓多雷，家住邑秋克雷斯威尔街，父亲叫迈克，儿子叫迈克尔。他们温暖的臂弯给了受惊后颤抖的小猫最及时的庇护。

只是多雷一家并非养猫户，他们没有猫粮猫窝，可如何是好呀？多雷把猫交到他对面街上养猫的邻居家里，这位好心的邻居大妈收养了这只小猫。小猫也通人性，它楚楚可怜地看着大妈，这就是自己新的主人了。

这位满怀爱心的大妈，给小猫起名 Kisses，她格外疼爱它，给了它很多很多的亲吻和抚摸。她不仅给这只小猫一个家，也给它一颗心，装满了爱的心。

Kisses，这本来是一个巧克力的名字。巧克力生产大王 Milton Hershey 先生 1907 年新创了一种水滴状的巧克力，把香浓的牛奶与纯正的可可融合，滴成水珠的形状，但他不知道起什么名字好。与他恩爱无比的太太灵机一动，说就叫 Kisses 吧，因为它香浓的味道就像我们的爱情一样甜蜜。

Kisses 巧克力从诞生后就热销，成为 Hershey 巧克力公司最著名的巧克力。Hershey 巧克力公司是美国最大的巧克力制造商，中文译名为"好时"。"好时"公司所在地后来也改名叫 Hershey，即美国宾州赫尔希镇，离费城不远。

Hershey 夫妇一生恩爱，但未有子女。也许巧克力就是他们最甜蜜的孩子，现在每天生产的巧克力仅 Kisses 一个品种就多达 3300 万颗。Hershey 夫妇生前乐施善济，慷慨为孩子们办教育。Hershey 太太更是把母爱奉献给失去亲人的孤儿。

Kisses 这个名字，对于宾州人来说是特别亲切的。它是甜蜜的爱情、香浓的巧克力、慈善的胸怀。它就是那个充满童话般梦境的乐园。

Kisses，可亲亲，这是一个多么动人的小猫的名字啊。不管这只小猫原来叫什么名字，我想一定都比不上现在的 Kisses 这般心醉。

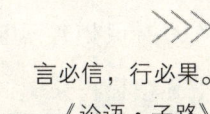

言必信，行必果。
——《论语·子路》

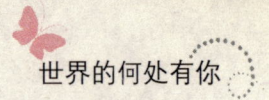

世界的何处有你

你去玩吧，我来遛狗看猫

在后院又看到这只猫，见它过得不错，毛色大放光泽，肥壮，还美滋滋地蜷在树荫、花丛中睡懒觉。看到我，它睁一只眼，又闭一只眼的，爱理不理……

　　后院中绽放了春天第一朵大红玫瑰，阳光洒在树叶、爬藤、花瓣、露珠上，空气中带着湿润与清甜。邻居 Kathy 愉快地走过来，告诉我即将和丈夫出门度一个长假，三周时间。我自告奋勇说会替她浇花，她说那太好了，就有劳你了。又提到她请了个打理的人（tender）来做这三周的事。

　　邻居走了。一座无人的屋子，不再有说话时的音波、做饭时的味道、行动时的气流。在这样一个空档期，以往默默的一个配角，独步舞台，像大主角一样，成为备受我瞩目的新邻居。

　　这就是 Kathy 的猫。我以往简直没太注意它。

　　这只猫忽然出现在我的院子里，郁郁寡欢地踱了会儿步，在花盆边闷闷地蹲着。见我出来，它立即挺起身，警惕地看着我。

　　我一下子怔住：咦，这不是 Kathy 的猫吗？哎呀，主人不在，可怜的猫怎么吃饭？它一个人在家吗？它怎么溜出来的呢？接着我责怪自己，怎么当时只想着帮 Kathy 浇花，却压根儿没想到帮她带猫？是不是 Kathy 只把猫粮扔在家里，全靠猫自己一日三餐啊？我越想越不安，对着猫看了又看，很不放心它。

接着几天，我又常常在后院看到这只猫。我仍然想不明白为什么它又从家里出来了，不过见它过得不错，毛色大放光泽，肥壮，还美滋滋地蜷在树荫、花丛中睡懒觉。看到我，它睁一只眼，又闭一只眼的，爱理不理。

我忽然想起，Kathy 说请了个打理的人。明白了，这只猫有人在照料。我自己没有在美国养动物的经验，而对于家有宠物的人来说，度假期间找一名 tender 是一项常识。

果然，我很快在报纸上看到一则这类内容的广告。标题很醒目的，而以前却有些熟视无睹。这家服务社名叫"Walk This Way Dog Walking and Pet Sitting Services"，服务社的名称和广告的内容，归结为一句话就是：你去玩吧，我来遛狗看猫。

这类服务社为宠物提供的服务真可谓无微不至。上门看护，为的是让猫狗留在自己舒适而熟悉的环境里，得到一对一的最好关怀，喂养、逗玩、放风，以避免猫狗集中营的圈养方式。更有甚者，还提供陪夜看护，住进家中，简直把宠物当孩童，消除其夜间害怕。

可以说，美国的宠物家庭，给猫狗的完完全全是人道的待遇。

别小看了宠物看护这个工作，这是一群专业人士。美国的医生、护士，既有服务于人的，也有服务于动物的。Kathy 请的这个看护，一定深得 Kathy 猫之欢心。能迅速从一个生人跟猫狗结为友好，从中体现的就是职业素养吧。

邑秋小镇上有很多如 Kathy 的猫一样受人宠爱的猫狗。有时候，小镇的木头电线杆上张贴着一纸启示，上面登一幅猫或狗的照片，落款留自己的联系方式。中间的一段文字，常常是不忍卒读的，那是丢了猫、狗的主人，伤心欲绝地泣告、呼唤。他们赏以重金希望有人把他们心爱的宠物送回家。常常出现"没有你我不能活"这样的句子，多是老人的哭诉。

不管是走失，还是主人离世而成为"孤儿"的猫，最终还是有一个家——费城动物福利会（Philadelphia Animal Welfare Society），给它们提供救

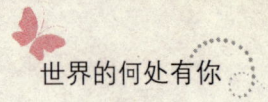
世界的何处有你

助,并且为它们找到新家,交到新的主人手中。费城动物福利会缩写是PAWS,意思恰好是"动物的脚掌",给人温暖、可爱的联想。每年无数爱心人士捐款给该组织,为失去家庭的猫、狗购买食物、药品、冬衣。

Kathy 度假回来后,走到篱笆边跟我说:"我的猫喜欢你的后院,她常常在树下呆着啊。"我热情地回复:"Oh, she is very welcome! ——哦,不客气,欢迎她常来!"

与朋友交,言而有信。
——《论语·学而》

一个、半个、又半个邑秋人

他,也许就住在同一条街上?牵着狗对我笑过?她,精力充沛而强劲,像一股旋风。而关于佩兹曼教授,这一篇里的介绍只是冰山一角……

历史学家爱考古,正如文学家爱咬文嚼字。借用这两者的特点,就有了本文的标题。其实,我要写的是三个人。这三位,是邑秋小镇"史协"里大名鼎鼎的人物。

我不敢肯定我有没有见过戴维·麦克莱纳汉(David McClenahan),因为也许他就住在同一条街上,牵着狗对我笑过。我知道的是,他就是邑秋人,生于斯长于斯。而且,他的父亲和母亲也在邑秋小镇居住终生。他从小对邑秋的历史有浓厚的兴趣,长大后更是走街串巷,访问了邑秋很多老住户,打捞那些快要沉入人们脑海底下的逸闻轶事。在"史协"他担当的就是"口述历史委员会"的主席。

戴维的口述历史,深入日常生活,贴近人心,记录一个个邑秋人"他的故事"(His-story),这些都是大的历史书上笔墨不至的。

在邑秋小镇的基督教长老会教堂迎来150周年庆典的时候,戴维付出辛苦的工作,整理老照片、收集史料、走访面谈……邑秋人称赞他将过去的历史复活,让它们再次栩栩如生——have made(local)history "come alive"!

戴维称得上是一位民间的史学家。他和本地历史、本地人深深融合在一起。

"史协"另有一位专职史学家,叫芭芭拉·吉梅尔曼(Barbara Kimmelman），是费城大学一名历史教授。吉梅尔曼博士在费大开设的课程有"文化与人格"等。她精力充沛而强劲，像一股旋风。除了在大学教书，还担任《农业历史》学术刊物的编辑，还经常应邀到别的大学讲座，题材十分广阔，甚至谈大学生热爱的科技，将谈点落在科技历史上。

吉梅尔曼住在费城南郊，而邑秋在北郊。但说她不是邑秋人吧，吉梅尔曼教授却很不服气，她振振有词："我的办公室在这儿！学府路雷文山公馆！"那就算她半个邑秋人吧。学府路上的雷文山公馆是以前宾州首富的私人豪宅，后被费城大学买下。

而且，她的多项研究，也与邑秋相关。其中一个课题研究是：农业在社会中的角色及农业地貌景观在费城郊区（包括邑秋-笔者注）的改变历程。

吉梅尔曼发挥她的教授本色，在邑秋"史协"举办的几次讲座活动中侃侃而谈。她的学术风采与戴维的平民本色，恰形成有趣的互补。

"史协"中最叫我津津乐道的，恐怕是下面这位：斯蒂文·佩兹曼（Steven Peitzman），医学博士，Drexel 大学医学院的临床医生、教授。他的专业是内科及肾脏科。Drexel 大学医学院位于邑秋，前文提到的贝拉庄园于 1928 年被推倒，即为了建造医学院，这座医学院及医院几度更名、易主，现属于 Drexel 大学。医学院在迁至邑秋前后的整个历史一直是佩兹曼医生特别关注的，他做了细致的研究，出版了著作。这开启了佩兹曼先生的第二职业：医学史学。

关于佩兹曼教授，这一篇里的介绍只是冰山一角，有待在另外的篇目里展开。他是医生、教授、史学家，而且我大胆预言：他即将成为文学家，会写一部关于十九世纪五十年代费城医生的小说。

佩兹曼先生住在邑秋与相邻的日耳曼镇交界的街上。至于他是邑秋人还是日耳曼镇人，佩博士狡黠一笑，说这要看他从哪一个窗口往外张望，西墙头的？东墙头的？我慎重起见，避免煽动他家东、西窗户间的醋意，只能算佩兹曼先生半个邑秋人。

君子如水，小人如油。
——安道然

第九辑

时日

祖先一个指南针、一只旅行箱，漂洋过海来到陌生的新大陆，拓荒、创业，白手起家。这不仅是美国的历史，同时也的确是每个家庭里第一代移民的真实写照。

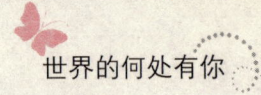

世界的何处有你

第一次参加 Block Party

两点还没到，欢声笑语却早已从街的这头飞扬到那头。男人们掷飞盘，女人们忙食物，孩子们踩着自行车，鱼儿一样穿梭。一条街上的邻居都在户外享受着好天气、美食，还有热闹……

  两年前的秋天这条街办了个 Block Party。中午以后，就听到门外好热闹，笑声一串接一串。特别是孩子们，奔跑玩闹得那么兴奋。我们不停地从窗户向外看，视线被胶住了似的，心飞出窗外，人无法在家安身了，走出去加入了这个 Block Party。

  之前，并不知道 Block Party 为何物。最开始的时候收到过传单，跟报纸一起进来的，上面有醒目的 Block Party 字样，定在下个月某日星期六下午两点至六点。说将有志愿者上门来征求签字，欲参加者，请届时缴费，一人 XX 元。

  当时，既不太明白 Block Party 为何物，又不想跟陌生的老外邻居攀谈，我们都觉得不去更自在。

  那么 Block Party 到底是什么派对呢？现在我就能很清楚地解释它了。两个十字路口之间的一段街区，英文就是 block，住同一个 block 的邻居们的聚会就是 Block Party。聚会时并不是去哪一户的家里，而是就在这条街上。

  为办一个 Block Party，需要做很多准备。首先要有一个发起者，她

（他）要挨家挨户去获得所住街区大部分居民的签名，同意办 Block Party，这是第一步。然后要招募热心的街坊邻居一起来筹备，比方说制定预算、购买食物与饮料、给孩子们设计游艺活动……直到 Party 那天的搭场地。

为了搭场地，各家得先把车呀、桶呀、花盆什么的统统从自家门前移走，留出一条干干净净的街道。然后在两头十字路口放上障碍栏，告示那些想在这儿取道通过的车辆绕行。一般说来，陌生路人走到障碍栏处，也得止步，闲人莫入。

两头都封好了，空荡荡的街道静静等着。好像发生了魔术，因为当我转身再向窗外一望，见到的是筵席一样摆开的排排桌椅。孩子们玩的彩色充气房子正好搭在我家门口，一群孩子在蹦蹦跳跳。两点还没到，欢声笑语却早已从街的这头飞扬到那头。男人们掷飞盘，女人们忙食物，孩子们踩着自行车，鱼儿一样穿梭。一条街上的邻居都在户外享受着好天气、美食，还有热闹。

当我们也参与进来的时候，邻居们都送上了热情的招呼。我已经把月饼盒里的两个月饼切了块，此时拿给大家分享，告诉他们中国的中秋节也正是这两天。

这场 Party 让我认识了一些新邻居，确切说以前也见过，但这次除了 Hi 当然还有更多信息交流。知道了这条街上有两家是亲戚，还知道了平时常见到的一位神色严峻、不拘言笑的瘦高个子眼镜哥是宾大医学院毕业的 M. D.（医学博士），目前正在做住院医生，刚订婚。他的未婚妻和他的父母，这天正好都来邑秋看他，赶上了 Block Party，四个人在家门口休着闲，眼镜哥坐树下，还是一副严肃与沉思状，可父母和未婚妻都眉开眼笑的，很喜气。

据资深老住户回忆，上一次 Block Party 是十年前的事了。这么一听，我庆幸自己没有错过今天的聚会，要不然可能还得等十年。

我有些寻思，为什么十年才办一次？今年为什么轮到？有何特殊之处？不由想起报纸上说我们这条街半年接连发生三桩窃案，是本街区历史上从未有过的。也许这样的坏消息给这条街的居民投下了难以消散的心理阴影；也许，作为邻居，我们更应该做些什么抚慰不幸受害的家庭（具体

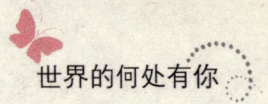

世界的何处有你

哪家报纸是不透露的,这是作为隐私而保密的),所以才有了这场相隔十年的 Block Party,为每一位邻居传递友爱、祈福祝安。

后注 1. 我们把两人的费用交给 Party 的积极组织者——小女孩 Arbi 的妈妈。后注 2. Block Party 快结束的时候,原先住在这个 Block,现在搬到另一条街的一位老住户匆匆赶来,他吃上了最后的食物,皆大欢喜!

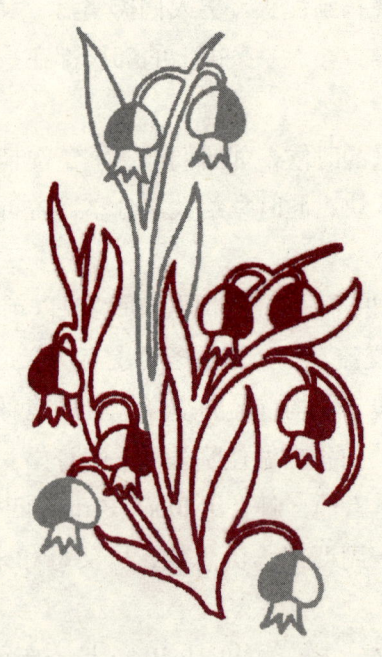

>>>
生命,那是自然付给人类去雕琢的宝石。
——诺贝尔

Flea Market 你可能不知道的故事

几家邻居把各家车库中的存货拼凑起来,摊位的联席主人们,一溜儿或一圈儿坐在沙滩椅上,谈笑风生。一家摆摊,全家出动,孩子们兴奋地看着你,给你拿这递那……

  没有人喜欢虱子,不过几乎所有的人都喜欢"跳蚤"市场。
  把旧货市场叫作"跳蚤"市场(Flea Market),这种另类起名法,跟中国人把美味包子叫作"狗不理小笼包"有得一比。其实跳蚤市场上的旧货哪有什么虱子,而且,跳蚤市场上的摊位,也不是仅限于旧货,其他的美食摊、花草植物摊多了去。
  邑秋小镇每年六月中旬举办一次跳蚤市场,时间是星期六,地点在麦克迈卡尔公园。每年此时天气常常是晴朗的,阳光灿烂而不灼热。小镇上的居民T恤加拖鞋或戴个遮阳帽,兴冲冲就来了,很多人把跳蚤市场当一个赶集日,纯粹为了寻开心、凑热闹而来。
  不断听到有人打招呼、聊天,互相叫着对方的昵称,都是街坊邻居。很多人似乎刚刚久别重逢,从相遇的兴奋度、攀谈的热情度和谈话的长度可以判断。
  有的摊位是几家邻居合租的,东西也是各家车库中存货的拼凑,摊位的联席主人们,一溜儿或一圈儿坐在沙滩椅上,谈笑风生。一家摆摊,全家出动,孩子们兴奋地看着你,给你拿这递那。你很容易就稀里糊涂手上多了一样东西,口袋里少了一块钱——谁能拒绝一个可爱的、对你有期许的孩子呢?

世界的何处有你

　　事实上，这些家庭拿出自己的旧货来卖，并不是为了赚钱。他们把一天的收入都捐给教会或其他公益组织。所以，孩子们体验的也都是快乐的义工劳动。当然，你花一块钱买下东西，也是善举。

　　费城大学的学生也在跳蚤市场上摆了一个摊。他们卖什么呢？答案是什么也不卖。他们设这个摊，是为收集书籍的，确切说，为小学生和初中生收集读物，收集到的书将捐给圣杰姆斯学校的图书馆，以补他们的图书之缺。费大这个收书摊（而不是售书摊）早前就在报上登了启示，希望人们把自家孩子多余的书带一本到跳蚤市场，找到他们的摊位，捐给他们。

　　有的人先前不知此事，走过费大学生的收书摊，才了解情况，那也不急，赶快去跳蚤市场上的旧书摊，买一本来吧，问题不就解决了？旧书摊主也谢谢你，费大学生也谢谢你，这次跳蚤市场可谓不虚此行，既买了一些便宜旧货回来，又做了几件好人好事，呵呵。

　　跳蚤市场在邑秋小镇已经办了29年。这一传统得以延续，首先要感谢麦克迈卡尔公园附近的住家。他们同意将自己家门口的路封堵起来，同意将它们变成人行道、泊车道、摊铺陈列的商道。美食摊烟熏味侵，不好的是，还有苍蝇，但居民们毫无怨言。

　　私立名校威廉·潘学校更慷慨借出停车场，学校四周的几条路也都清空，让位给跳蚤市场摊主们的运货车。

　　费城大学二十名志愿者起了个大早，他们担负着给一百五十个摊位的摊主带路、引领他们各就其位的责任。

　　最让我感到意外之喜的是，跳蚤市场上买来的东西，如果你事后有悔，也还是可以补救的。我买植物的那位摊主，主动拿出一张卡片给我，上面是她今年内所有 Flea Market 的排序表，标注了日期和地点。她跟我说，如果我的植物发生问题，那就请去下一个跳蚤市场找她，可以给我换。

　　我从来没有赶去另一个跳蚤市场找人算旧账。不过，我期待来年在邑秋麦克迈卡尔公园的跳蚤市场上再见！

生命不等于是呼吸，生命是活动。
　　　　　　　　——卢梭

星条旗,烈火中的永生

这颗星被命名为"最后的星",奉送给某位尊贵的来宾。获得这颗星的人,将带着敬意把它装裱在镜框里,永作纪念……

"Worn and Torn" in Dignity 中文意思大致是:有尊严地慢慢"形销骨蚀"。这句话是美国人给国旗退休仪式的最精练注释。

邑秋小镇及临近社区在公园绿色的草坪上庄严地举行了一场国旗退伍仪式(Flag Retirement Ceremony)。身穿制服、威武昂扬的童子军是这次仪式的主力队员。另外到场的有退伍老兵和普通居民。

碧空如洗。园中 1920 年建立的一战纪念碑前,笔直的旗杆顶端高高飘扬着星条旗。纪念碑上刻满了阵亡将士名单——从一战、二战,到韩战、越战,这些英灵如今长眠于故乡的大地。

一位稚气未脱、身材敦实的十来岁童子军男生,宣读一封感人的信:

还记得我吗?有人唤我"昔日的荣耀",有人谓我"星光闪耀的旗",我是你们的旗,美利坚合众国国旗。

我记得,那时候道路两边都是来观看盛大游行的人,而我在游行队伍之首骄傲地迎风招展。你的爸爸看到我,他立即摘下帽子,手按住心房,而你,像一个士兵一样给我敬礼。你是否还记得?我,没有变仍然是当年的旗,只是我身上添了更多的星,染上了更多的血。

请你记住吧,那些永远没能活着回来的勇士的名字,他们为自由捐

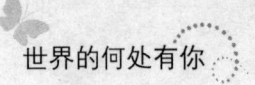

世界的何处有你

躯。当你向我敬礼的时候,其实,你是在向着他们致敬!

我要走了,但不需多久,我又会来到你们的街头。当你再见我的时候,你会立正,右手按在胸前,而我必将以迎风挥舞来回应你的致意。

老迈的星条旗留下如此深情的话语后,被童子军们毕恭毕敬抬着,移至火旁。烈焰在炉中燃烧,火焰明亮而壮丽。美国的律法有约:国旗一旦旧损而不再适合继续充任国家的象征时,应该有尊严地被销毁,建议火化。

烈火吞噬着叠得整整齐齐的星条旗。童子军乐队吹奏国歌,老兵们轻轻地哼唱:火炮闪闪发光,炸弹轰轰作响,国旗安然无恙。孩子们,父母们,都跟随着帮忙,把这一批退伍的国旗投入烈火中。一生经历无数庄严的时刻,最后的离去也是享尽尊荣;无数次的升起总伴随着神圣的国歌,这一次在火中化为灰烬,同样由这最熟悉的旋律相伴。

后记:事后作进一步了解得知,邑秋地区的国旗退伍仪式(Flag Retirement Ceremony)始于2004年,由幼年童子军(8至11岁)334团担当此光荣任务。2004年有一千六百面国旗退伍,今年的数目达五千。美国禁止私人团体擅自焚烧国旗,应将旧损而不能使用的国旗寄往指定点,以待有尊严地退伍。而参加国旗退伍仪式并火化的也只是大量退伍国旗里的少数代表。

仪式上有一个必须遵守的细节是:禁止将完好无缺的国旗火化。人们通常做的是,把星条旗割开,蓝色的星是一块,红色的条是另一块,间离投入火炉。还有一种做法是,剪下国旗上的一颗星,用来保存,这颗星被命名为"最后的星",奉送给某位尊贵的来宾。获得这颗星的人,将带着敬意把它装裱在镜框里,永作纪念。

生命是一条艰险的狭谷,只有勇敢的人才能通过。
——米歇潘

五年，守望天明

政府广场及学校草坪上常见到扎营露宿的反战请愿者，这些活动统称为 vigils，意思是"守夜"，源于宗教活动，通过彻夜不眠的守护和祈祷，感动圣灵。

邑秋小镇上有两条繁忙的路，一是蘅蕤路，另一条是学府路（Schoolhouse Lane），它们交织成一个 X 形，穿越小镇。这两条路上车流不息。

学府路因为途经费城大学而得名。前几年，似乎时不时就看到一些人聚集在学府路上，扯出一块块醒目的横幅，上面书写着他们的呐喊，泣血式的，很让过往的人受到震撼。

这是一群坚持不懈的反战和平请愿者。他们坚决反对政府发动的伊拉克战争，强烈呼吁停止战争，将生命安全还给伊拉克的无辜平民，让离乡的美国士兵回家。

第一次请愿活动始于 2005 年 12 月 18 号，由七个和平团体参加，此后每个月的第三个星期天，都在学府路举行示威集会，寒来暑往，风雨无阻，直到美军开始从伊拉克撤兵，长达五年的反战示威才告结束。五年中，请愿队伍不断壮大，从当初的七个团体，发展到最后的二十六个。

这二十多个反战和平团体，代表了费城及周边各地。他们为什么要到邑秋小镇学府路来示威呢？这是因为邑秋小镇上住着美国国会参议员阿尔伦·斯佩克特先生，他的宅邸就在学府路上。到国会参议员家门口举行示

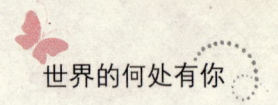

威,是美国民众常用的一个诉求手段。

只听到有节奏的齐呼声:"美国从伊拉克走开!""把伊拉克还给伊拉克人!"另外还有上下联的,这边喊:"有钱要搞就业和教育!"那边接:"绝对不沾战争和侵略!"(Money for jobs and education/Not for war and occupation.)反战和平团体强烈呼求斯佩克特先生运用他的威望促使美国政府终止对伊战争。

而阿尔伦·斯佩克特先生早已支不出新招,任由选民们抗议。他的秘书说:斯佩克特先生本周末有要事,请原谅不能出面跟大家对话。

那几年美国各地频频举行反战维和示威。政府广场及学校草坪上常见到扎营露宿的反战请愿者,这些活动统称为vigils,意思是"守夜",源于宗教活动,通过彻夜不眠的守护和祈祷,感动圣灵。

在亚当·斯密影响世界的著作《国富论》里,详细讨论了政府如何以守夜为天职,这就是政治意义上的"守夜人"之典出。"反战守夜"指的是反对战争,为维护和平而坚守。

伊拉克战争给英美军政界一些素有威望者带来了负面影响,比方说美国前国防部长和英国前首相,都难逃民众指责。斯佩克特先生也一样。民众在他屋外高呼反战口号的时候,他已近八十岁高龄,已有长达近30年的国会参议员显赫经历,不久即将全功而退。没想到倒霉的伊拉克战争引来一批人围轰在自己的宅子外,跨度五年。

2010年12月19日,阳光明媚。美伊战争正缓缓落幕。民众们最后一次聚集学府路,曾经的五年他们在此拉横幅、喊口号,今天却是来庆祝和告别的。哈斯女士说:"我会想念这些年的守夜活动的。同仁之间的互动让我珍惜!特别感谢的是路人给我们的支持!"另一位成员说:"是的,非常感谢邑秋居民给予我们的积极响应!"一位邑秋人答曰:"这么多人反对战争,政府应当好好反思,改变他们的政策!走过路过当然要表表支持了,我们绝不袖手旁观!"

2011年1月3日,斯佩克特先生卸任国会参议员。他接到母校宾夕法尼亚大学的热忱邀请,欣然返回母校,在法学院任教授。他居住地邑秋小镇上的费城大学计划使用校内一处林子中的一幢石头老宅,为斯佩克特先生建立档案馆，存放他漫长的三十年参议员政治生涯中的文件、卷宗资料。

我想多年以后，人们在这个档案馆里，会再次看到学府路上"反战守夜人"的示威场面吧？——化作了一帧帧历史照片，展于墙上。

>>>
一个伟大的灵魂，会强化思想和生命。
——爱默生

活到老，"动"到老

人们来健身房的初衷，胖的想减肥，瘦的想壮大。可是在健身的过程中，出其不意收获的是人与人之间的情谊……

小镇上有个舞蹈学校，很有名气。家长们爱把孩子送去那里，放学以后跳跳舞。想学芭蕾的孩子，更是三四岁就送去练舞了。舞蹈学校的办学宗旨是，Dance for fun or train to be professional. 也就是说无论以舞蹈为兴趣爱好，还是想成为专业人士，都欢迎来。

美式教育注重学业、艺术、体育的平衡发展，在英文里称为三个A，Academic, Arts, Athletics。一个学生若只有读书成绩好，则会被人笑作nerd的，那就是一个乏味而不受欢迎的人。

从小"动"惯了，所以美国人的生活是离不开运动与健身的。对于很多邑秋人来说，新的一天是从运动开始的。早上五点，小镇的健身中心就开门了。四季如一，只有在周末，才推迟到七点半或八点。锻炼一两个小时，回家洗过澡吃过早饭，然后去上班。

当然也有的人早上实在太紧张了，要忙完一天的活，安顿了孩子睡觉，才有空去健身房练练肌肉，出一身汗，回家就能睡上一个好觉。健身中心开到晚上十一点呢。

能让人心甘情愿早起，又能让人在一天的忙碌之后再去出力，健身房为何这般吸引人心？

邑秋健身中心的一幅标语可以回答这个问题：Creating Strong Bodies and Strong Bonds．翻译成中文的广告语就是：强筋骨，强纽带。我感到这句话确实一语中的。人们并不只是奔着那边的健身器材而去，在很大程度上，健身盟友之间缔结的纽带，牢系着彼此的心，没有人舍得断开。

事实上，在邑秋健身中心，有很多团体健身项目（Group Fitness），比方说非常热门的搏击健身舞（Piloxing），以及一向广受欢迎的尊巴健身舞（Zumba），都是集舞蹈、音乐、运动、塑身、健美于一体的多人组合项目。锻炼的同时，更收获着友情。

在这里，不用担心自己的肥胖。十有八九，还能找到瘦身下来的榜样，获得无穷的力量。在这里，全身心地放松吧，劲歌劲舞，速度强度，还有同伴为你喝彩。

邑秋的健身中心位于瑞奇路，它是一幢庞大的仓库式老建筑，曾经是都伯森纺织厂的产业。健身世家 Aaron 家族在费城拥有三家健身中心，这是其中之一。Aaron 家族在健身界大名鼎鼎，他们赢得的各种奖状、证书挂得满墙都是。我觉得 Aaron 家族有点儿像中国的武术世家，健身馆好比是精武馆——我在听了 Aaron 面对记者采访说出的一番话后，发此感想。

Aaron 说："人们来健身房的初衷，胖的想减肥，瘦的想壮大。然而，促成他们把健身运动持之以恒的，却并不是当初这些功利目的，而是在健身的过程中，出其不意收获的人与人之间的情谊。是互相之间强有力的支持，才让我们最终成功地达到一开始想要的健身目标，才让这个过程变得轻松而富有乐趣——这就是健身者们的领悟。"

有一次从《邑秋人报》上看到一句话：你是不是不能再跑了？但你如果还能站，就来走吧。

这话说得非常动容，是给 65 岁以上的老人发出的"运动"邀请。小镇上有个公益组织，成员都是退休老人，开展了一项"早晨小区行"（Morning Neighborhood Walk）的活动，于每个星期四早上九点半在图书馆花园集合后行动。他们所走的小区，不限于邑秋，大多是别处。类似精短的一日游活动，中午在外面吃，有时还一起喝喝咖啡。下午高高兴兴

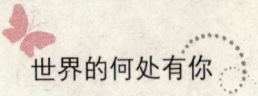

世界的何处有你

回来。

　　站、走、跑,人最基本的行动能力,人老的时候,被逆次收回。不过,活到老"动"到老,穿红着绿的白发老人已经用行动证明。

世界上只有一种英雄主义,那就是了解生命而且热爱生命的人。
　　　　　　　　　　　　——罗曼·罗兰

世界的何处有你？

一个老式旅行箱和一只硕大的指南针，时光回到了欧洲的大航海时代。世界的任何一处，都有邑秋人的身影。我们的心，却总是会有自己情之所系的地方……

小镇的报上有一个旅游栏目，叫"世界的何处有你"，让邑秋人把在外旅游的照片向报社投稿，当然，照片要配上几行文字解说，说明何时何人摄于何处。还有，照片上的人必须手持一份《邑秋人报》，并注意将第一版的报头朝外，一目了然。

几年来，街坊邻居们去了许许多多世界上最著名的地方，并"到此一游"拍照为证，带回小镇登到报上。

Kroculick 夫妇去了土耳其和罗马尼亚。他们先旅游了伊斯坦布尔，参观了这座城市的象征——蓝色清真寺（Blue Mosque），然后到罗马尼亚的一个城市，为他们儿媳妇八十岁的老奶奶庆贺生日。

吉米、约翰、丹、杰米、杰克结伴去了爱尔兰，抵达都柏林英杰华体育场（Aviva Stadium），为的是观看美国大学生橄榄球赛，圣母大学的"爱尔兰斗士"和海军学院的"海校生"两支球队竟然跑到北欧决胜负。近五万名观众几乎都是从美国远道而来的。五个邑秋老男孩就在英杰华体育场入口处合影。

Davis 女士至非洲大陆。她神采奕奕地在好望角（Cape of Good Hope）留影。Garrett 先生的学术之行到达喀麦隆。这个小国语言奇多无比，计有 280 种语言。Garrett 先生就是为参加一个语言学会议而去的。他照片的远

世界的何处有你

景就是喀麦隆活火山，海拔4045米，是西非最高峰。

世界的任何一处，都有邑秋人的身影。从"时间的开始"英国伦敦格林威治天文台，到"世界的尽头"南美洲最南端的火地岛。

要我说，"世界的何处有你"这个栏目还有一层别的意思。它不仅问人们去了哪里，同时也把另一个问题巧妙地提起：你从哪里来？

该栏目的徽标是一艘风帆昂扬的大船、一个老式旅行箱和一只硕大的指南针，时光回到了欧洲的大航海时代。新大陆发现后，欧州人一船船到来，开辟北美殖民地。从这个徽标看，是有怀旧、寻根意味的。如果只是一个单纯的旅游栏目，只要画一架飞机、画一条手臂牵着滚轮拉杆箱，不就行了吗？

从"世界的何处有你"选用的照片和文字说明来看，其中确实不乏寻根之旅。而且，这个栏目之所以持续十多年受读者瞩目，并愿意投稿，很大的原因是它抚慰了乡愁。有一次我看到小镇上一户居民全家到了上海，在人民广场手持《邑秋人报》合影，我比自己回了趟国还高兴。想来印度邻居看到邑秋有人去了泰姬陵，也一样喜不自胜吧。

但，你从哪里来？这个问题对现在的美国人来说，已经越来越难以回答了。父母一辈及祖父母一辈也许都分别来自不同的移民国家。

从单个家庭来说，也许其移民历史是非常复杂的，但美国人有共同的历史记忆。记得祖先一个指南针、一只旅行箱，漂洋过海来到陌生的新大陆，拓荒、创业、白手起家。这不仅是美国的历史，同时也的确是每个家庭里第一代移民的真实写照。

天之高、海之阔、世界之大，但何处有你？虽处处是风景，我们的心，却总是会有自己情之所系的地方。就像茫茫人海里，也只是和缘分对的人相聚。

我们只有献出生命，才能得到生命。
——泰戈尔

长椅与撒马利亚人

擦了把泪水，宝拉女士做了一个特殊的告示牌，牌子上写道：这里一直坐着我的长椅，不幸，某年某月某日被人偷走了，至今下落不明。切望你归来！

宝拉女士有一天早上高高兴兴地起床，下楼煮咖啡。她拉开窗帘，晨霭中的庭院就清新地入了窗口。可是，她一惊。怎么长椅不见了？放在花坛前的她钟爱的木长椅不翼而飞。宝拉咖啡都来不及煮，就事关重大地报了警。

这一天她万分失落，没劲地把一天打发过去。每天，她朝着长椅原来放着的地方看过去，它不在了，只觉得庭院都是空荡荡的。

就像家中宠物的离世一样令人难过，那么就安葬一下，竖个墓碑，让亡者安息生者得到安慰吧。擦了把泪水，宝拉女士做了一个特殊的告示牌，竖在长椅曾经之所在。牌子上写道：这里一直坐着我的长椅，不幸，某年某月某日被人偷走了，至今下落不明。切望你归来！

从此，宝拉女士每天早上煮咖啡的时候，拉开窗帘前，就紧张地祈祷，希望那里出现一个奇迹，让熟悉的旧物回到她的眼前。一次次期望却一次次落空，宝拉好不伤心。她匆匆把咖啡喝完（自从长椅不见后宝拉喝咖啡已经不知其味了），然后就走出家门，在邑秋四下里寻找她的长椅。她重点找的是家附近的街区，但她也漫无边际地查探相隔了老远的地方。

完完全全像在找一个走失的孩子或者宠物。宝拉就差没给她的长椅起名，要不然一路上必定以一声声呼唤相随。

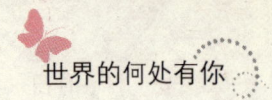

世界的何处有你

看到别人家的长椅都好好地在着呢，宝拉真的是心里泛酸，又强烈地思念起曾经的拥有。没有任何时刻，像现在这样觉得那是世界上最漂亮的长椅。宝拉甚至有些责怪自己，为什么早先时候没在长椅的一条腿脚上栓根锁链呢？很多人家不都是这么做的吗？

宝拉不寻找长椅的时候，就待在家里。她听到窗外路人走过她家时，停下来读她的牌子，她听到人们窃窃私语的议论。一天晚上，她听到敲门声。一个天使来了，她为他打开门，他给她描述那丢失的长椅的模样、特征，是的，是我的长椅！来人给宝拉递上一幅自己手画的路线地图，出门后，往哪拐，到哪里，长椅在什么位置，清清楚楚。

宝拉连连谢过来人，随后立即叫上邻居，按图索骥，摸到了贼将长椅藏匿的地方。那是一处荒弃的后院，数不清的瓶瓶罐罐乱扔一地，还有一些捡来的家具，办公室折叠椅什么的，而她的长椅就在这堆破烂之中。

楼里黑灯瞎火，无人。宝拉不准备等人家回屋，她要立即行动。警察接到她在发现长椅现场打来的电话，迅速作出部署。一个骑自行车的巡逻员先期到达，接着一辆卡车到达，警察帮忙把长椅搬上卡车，运往宝拉家，又帮忙卸下来，一寸不差放回它的原处，当然，宝拉立的那块牌子就光荣让位了。

长椅失而复得，宝拉高兴得不知如何是好，她怀着满心的感激，做了一个新的字牌，放在长椅上。走过的人们又停下来读：感谢你们，Good Samaritan，我的长椅回家了，我好幸福！

Good Samaritan，好撒马利亚人，是基督教文化中一个很著名的成语和口头语，指的是心地善良的做好事不求回报的人。

邻居们也非常高兴，碰上宝拉就笑呵呵向她祝贺。现在宝拉容光焕发，她感谢上帝派了天使帮她，她感谢很多很多人，是众人的好心好意，成全了她的期待。她要给长椅起个名呢，正在 Hope，Faith 或者 Love 这几个名字里头伤脑筋。希望、信念、爱，这也正是她寻找长椅的历程，缺一不可。

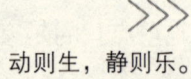

动则生，静则乐。
——杨万里

第十辑

情意

这时候,被雪覆盖的麦克迈卡尔公园中央的一棵松树上,刹那间亮起了一盏一盏的灯火,在深蓝的夜空中,绽放着璀璨,在茫茫的雪景映衬下晶莹而明亮。这是一树为情人节点起的灯火,叫作"爱的光",每一盏灯,为一位爱人发光。

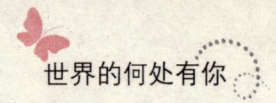

世界的何处有你

化蝶·放飞蝴蝶

蝴蝶美丽轻盈,从束手缚脚的茧里出来,确实也很像人经历沉重的一生,挣脱病魔飞向自由。蝴蝶带着人们默默许下的心愿,飞向明媚的阳光,飞向自由……

六月午后灿烂的阳光,照着一场特别的活动。小镇上的一个医疗中心,正在室外向人群分发蝴蝶,由众人放飞。

Butterfly Release,放飞蝴蝶,参加的人为他们的亲属、至爱而来。250只蝴蝶,带着二百五十个默默许下的心愿,飞向明媚的阳光,飞向自由。亲手将一只扇动着翅膀即将远飞的蝴蝶送上要去的路,这就是活着的人对离开他们的亲人的临终关怀。

小镇上的这个医疗中心,叫费城Hospice,中文翻译为临终关怀医院。Hospice并不是Hospital,所以它其实并不是医院,而是一个为垂危病人及其家属提供服务的机构,特别是实施心理关怀。临终关怀医院的团队主体是visiting nurse,即上门服务护士。

费城的临终关怀医院办公中心就设在邑秋,蘅蕤路3300号。这里曾经是费城女子医科大学所在地,后来经一系列变迁,每一幢楼都有新的归属。有的大楼还分间或分层出租,入驻的多是跟医疗与教育相关的机构。费城Hospice在这儿有他们的住院护理套房,其实很像是假日酒店的客房,不过有24小时的护士看护服务。病人的亲属也可以全天任何时间探访,甚至可以带猫、带狗一起来。病人家属来了也有做饭、留宿的地方。

一位病人的女儿说:"我爸爸的护士向我解释一切,从他的呼吸,到行动,还有下一步会发生什么。这正是我要知道的,我心里有数了才可以帮到爸爸,而且我爸爸也需要了解这些。"

蝴蝶美丽轻盈,从束手缚脚的茧里出来,确实也很像人经历沉重的一生,挣脱病魔飞向自由。

放飞蝴蝶的这个活动,给人莫大的精神安慰。在现场,音乐萦回。有人读着诗句,读着富含哲理的话语,忧伤中透出坚强。工作人员捧着一些洁白的纸盒子,轻轻打开纸盒,里面放着一些三角形的特制信封,每个信封里面就是一只蝴蝶。在场的每个人都拿到了一个洁白的三角形信封。

每个人用指尖小心翼翼地拿着,一层薄纸下,包裹着一条纤弱的生命。全场安静下来,没有声响。大家准备好了,看到一个指示信号,就轻轻地开启信封,展开来后就是一张方形的白纸,上面停歇着一只美丽的蝴蝶。

翅膀斑斓的蝴蝶,在白纸的衬托下,是这么鲜艳美丽。它静静地停着,双翼只微微一动。它需要时间,这是它从闷塞的盒子,飞向自由的最后调试。静等片刻,它振起美丽双翅,无声地飞走了。

在它静等的片刻,千万别忘了将你的心愿轻声告诉它!蝴蝶会捎给天上的风儿,风儿再捎给精灵和天使,你的愿望就能实现。这是印第安人的古老传说。

蝴蝶离去的姿态,有许多微妙之处牵动人们的心。蝶,它栖身在像白被单一样的纸上,几近无声无息。它慢慢的,然后以最安静的飞翔,飞向自由。它带着放飞的人许下的秘密心愿而去。这,是人间一场生死的告别。

生命如流水,只有在它急流与奔向前去的时候,才美丽,才有意义。

——张闻天

世界的何处有你

少小离家老大回

小镇上走着这些思念、怀旧的归来者。青春的记忆之路，跟随着PPT的放映而延伸开来。感谢母校为他们集结了老画面，永远记录着他们当年的身影……

晴朗的九月，邑秋小镇的气息是馥郁的。每一颗回乡人的心，踏上这块故土，即被深深融化。

所到路口，都出现清晰的指引"往费城大学请这边行"，上面印着红与灰两色的校名标识，一阵暖意就涌上了心头。这是一个隆重的周末，费城大学迎来了每年一度的校友返校日（Homecoming Day）。毕业生从全美各地赶回来，相聚母校，重温往日的欢乐。

返校日是除了毕业典礼和开学以外，一年里最重要的事情。英文用Homecoming来定义这个日子，表达了毕业生与母校之间的弥笃深情。

草坪上架起了烧烤，球场上拉开了赛事，校园里出现了几支"观光客"队伍——他们都是多年没有回来，想急切了解母校变化的老毕业生。而在校的学生们也热闹纷呈。星期五晚上在活动中心，返校节"皇后"和"国王"的决赛正如火如荼地举行。两名大四学生最后分获"皇家公羊之王"和"皇家公羊之后"桂冠。

公羊，英文词ram，是一个古英语词。公羊有长而卷曲的羊角，白羊座的星座符号即以此而来。星座学源于古希腊，传说中公羊受宙斯的派遣，去解救一对王子公主兄妹。白羊象征着勇敢和智慧，白羊座的人有开拓者的精神，富于正义感而斗志高昂。

费城大学的吉祥物就是公羊。校园里竖着一个大大的公羊石雕。我第一次看到这匹羊的时候，心想费城大学曾经是纺织院校，而羊毛是纺织的重要原料，所以就选择羊为吉祥物。

回到昔日的小镇，参加母校的返校日。一些毕业五十年的校友在聚会时流下热泪。

学校为毕业五十年（及以上）的校友举办"金公羊"香槟酒会，地址设在雷文山公馆老楼内。这些如今"鬓毛衰"的老人，在1961年前，是学校球队里的健将，服装秀上的明星。青春的记忆之路，跟随着PPT的放映而延伸开来。感谢母校为他们集结了老画面，永远记录着他们当年的身影。

返校日活动的周末，邑秋小镇街道上，走着这些思念、怀旧的归来者。他们将学校发的T恤或帽子穿戴上，打扮得像老大学生。他们东看西瞧，不时议论纷纷。

1952年的毕业生Maurice Kanbar先生，在成了"金公羊"后慷慨将600万美元赠予母校，这是费城大学一百二十多年历史上所收到的数额最大的捐款。学校动用这笔钱已建成"看吧"学生活动中心。这是一幢令人赞叹的现代风格的楼座。

Kanbar先生是纽约人，后来移居旧金山。年轻时在费城大学读材料科学专业。他是实业家、地产商、发明家、36项专利拥有人。

他广为人所知的一项创新是SKYY伏特加酒，是世界伏特加品牌中最纯的酒。名字取意于蔚蓝而纯净的天空——SKY，后面又加一个Y，仿佛有点儿中文"天蓝蓝""蓝蓝天"这样的意味。

他家乡的纽约大学用Kanbar先生的捐款建造了影视学院，并以他的名字命名（The Maurice Kanbar Institute of Film and Television——美国著名电影学院），这项捐款总额是500万美元。而Kanbar先生捐给母校600万美元，显示了他对母校格外的爱护。

美国大学在进行排名的时候，校友对母校的忠诚度竟然也是评估一个学校的指标。Homecoming，这种如同母亲敞开家门，拥抱孩子回家的姿态，让校友倍感爱的温暖。

视死若生者，烈士之勇也。
——庄周

世界的何处有你

狗们的"拉风"公园

小房子、小滑梯,红、黄、绿、蓝的鲜艳色彩,就像儿童乐园,狗们在这儿爬上钻下。狗公园给狗们提供了群体活动的机会,因为狗跟人一样,无法忍受与社群的隔绝……

常常见到住在不同街上的邻居们,带着狗儿出来散步。有的狗儿与我这样的路人相遇,会使出一番兴奋和冲动的劲儿,主人就拽着它的项圈带子,喝一声狗的名字,意思是叫它规矩点,同时也向我表示不必害怕。

其实狗的特点是敏感,而不是凶,它怕生才不安地吠叫。这一点我倒是一样,对潜伏的不测总是神经紧张。

我一边怕狗,搞不清它会不会袭击我,一边是爱狗的。世界上每一只狗,都应该得到主人真心实意的认认真真的爱。狗,应该有幸福的生活。

住 Stanton 街上的女子凯丽某日参加了邑秋居委(East Falls Community Council)的事务会议,她在会上为她的狗提出一个议案,要求在邑秋建立一个狗公园。因为邑秋已经有了居民们的休闲公园、孩子们的游乐园、青少年的运动场,却没有一个狗们可以自由奔跑与聚会的 Dog Park——狗公园。

凯丽说:邑秋一向是友好对待宠物的,建一个狗公园将恩惠我们这里所有的狗。不是我一个人有狗,要知道很多街坊邻居都渴望家的附近有个狗公园，能步行着去。现在我们不得不驱车载着狗到旁边小镇上的狗公园去。一个狗公园对我们邑秋社区来说，也是锦上添花的。

Dog Park 到底是什么样的公园呢？简单说，它是专门为狗准备的。开阔的大草坪，四面围了栅栏，人带着狗进来，狗就可以被解下项带，无拘无束飞奔。狗在这里结交朋友，一起扑球、叼飞盘，纵蹄追逐。狗的天性在这里尽情释放。现今这样的公园在美国居民社区越来越多了。

狗拥有这样一个公园，我一见之下哑然失笑，找不到词来形容眼前的场面和自己的心情，之后才想起一个我从来没找到过场合使用的词，叫"拉风"，一下子觉得用于此时此景倒是配得很。这个词就这样忽然活了。又怔怔地想到小时候曾无法理解狱中人的"放风"是什么。现在，我明白多了，就比方说狗儿被主人牵着项带遛，那是放风，而带到狗公园让它自由地撒野，则是拉风。

一些狗公园的设施跟儿童乐园非常相似，小房子、小滑梯，一样是红、黄、绿、蓝的鲜艳色彩，狗们在这儿爬上钻下。虽然这样的器具如果架设在自家后院的话，狗儿也一样可以玩，但是 Dog Park 的作用最重要的是给狗们提供群体活动的机会，因为科学研究说，狗跟人类一样有社交的需求，无法忍受与社群的隔绝。

凯丽的倡议得到了很多人的支持，有了拥趸以后，凯丽成立了"邑秋狗公园筹备委员会"，并在 Facebook 建了群组。他们要做的工作是收集民意和申报公园选址方案。这个小镇上如果有一千个人签名要求建狗公园，那么八字就有了一撇。但最难的还是要找到适合的地块，并得到同意用作狗公园，这可不容易。

有意思的是，最终报上去的五个地址，正好是邑秋的东、南、西、北、中五个方位的。耐人寻味的是，各方都没有发表明确的反对意见，但某些言论不难听出声东击西的暗示。比如说，瑞奇路商业街一带被提名后，传来这样的反馈："狗公园建到商业区那当然好啊，势必给这个区增加更多的人流量。商业街上的饭馆儿也欢迎人狗同来就餐哦。"这些话听起来有反讽之嫌，因为谁都知道瑞奇路上已经是人满为患，交通拥堵。狗

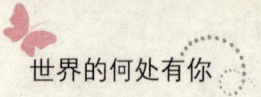

世界的何处有你

公园真要引来更多的人，怎么会是好事呢？

邑秋小镇人到底也是有城府的，都避免公开树敌，但底下却寸步不让。五个选址申报以后，事情迟迟不见进展，一拖就是一年。不过，一个狗公园毕竟是众望所归，迟早它会出现在邑秋社区的。

本来，生命只有一次，对于谁都是宝贵的。

——瞿秋白

第十辑 情意

夏的户外剧场

剧团开来的车已经停在公园一侧的林荫道上，卸下音响、灯光、布景等物。化好妆、穿戴好演出服的演员从车子里出来，他们已准备就绪，进入角色。戏，马上要开演了……

世间万物皆有时。一股强大的催生力神奇地存在于自然界以及人的心里。邑秋人每年夏天必然赶赴一场户外的剧演，就像候鸟有其特殊的习惯一样。传统，即是一股定力。

这场盛装的古典戏剧演出设在麦克迈卡尔公园，时间是仲夏的黄昏。人们早早就期待着这一天，从树梢在春风中泛出新绿，直等到枝繁叶茂，亭亭如盖。

这一日，黄昏绚烂如画。暮色中的风，将暑气吹散。邑秋人穿着休闲的衣衫，带着兴致盎然的孩子，提着躺椅、抱着毯子、推着冰镇饮料，一家一家聚集到了麦克迈卡尔公园的草地上。奔跑的孩子、五颜六色的毯子和折叠椅、悠悠然的人们，越聚越多。

志愿者手上拿着节目单，热忱地给落座的人们发放。上面印着剧情内容、剧作家生平、剧中人物及演职人员名单、剧团简介之类的信息。

剧团开来的车已经停在公园一侧的林荫道上，卸下音响、灯光、布景等物。化好妆、穿戴好演出服的演员从车子里出来，他们已准备就绪，进入角色。戏，马上要开演了。

这是个专演经典名剧的社团，叫"联众古典剧社"。他们的演出不收门票。虽无票房收入，但靠的是一些著名企业与公司的慷慨赞助。费城及周边五个乡郡，都有这一支剧社的"户外剧场"——在小镇住家附近的公园、郊外农庄的葡萄园、市政厅一侧的喷泉广场……甚至一块草坪、一处停车场，就是舞台。每年七月，是他们的巡演季节，名曰 Free Theatre in the Parks，即"公园里的免费剧场"巡演。

戏剧是文明社会感化人性的巨大力量。用现代眼光回望，古典时期的艺术犹显庄严。

"人为生而食，不为食而生"（Eat to live and not live to eat）——舞台上清晰地传来这句台词。我一怔，没想到在莫里哀（Moliere）重要的代表作《吝啬鬼》里听到了这句广为传播的名言。假扮佣人的贵族青年法赖尔对守财奴阿巴贡作如是说，当然另有一番用意。有趣的是，阿巴贡听了这话也耳朵一亮，可是他张口复述出的竟成了"人为食而生，不为生而食"，正是自己的真实写照，众人哄堂大笑，达到了喜剧的效果。

天空暗蓝，树影幢幢，偶尔传来夏虫欢快的齐鸣。这里没有拘束的观众，也没有拘谨的演员，气氛远比正规剧场亲切而随意，并且聚集更多活泼的孩童。他们看不懂戏，但这早早播撒的古典戏剧的种子，会在他们的心灵扎根。

对孩子们来说，这场演出是有启蒙意义的。而另外的观众，想必也都各有所获吧。我存放的一份节目单上，一段描述法国戏剧大师莫里哀的话语，深深触动了我，引起我无限缅怀，节选翻译如下：

生于富贵之家，年少时宣布放弃世袭权利，踏上戏剧路。创作、表演至生命最后一息。他在自己写的剧中，扮演一个肺结核患者。他抱病登台，演出中因剧烈咳嗽而倒在舞台上。观众为他的逼真表演鼓掌，而莫里哀坚持到演出完，为自己深爱的舞台耗尽心血，这一晚他永远地离开了舞台。

为了戏剧，他愿意献出生命，更不用说名利了。他宁可放弃法兰西学院"四十名不朽者之一"的荣誉，也不愿放弃演出——当时的社会蔑视演戏。

然而莫里哀留下的戏剧财富，以及这些戏剧代表的法兰西精神，是不可估量的。源于此，法兰西学院在大厅为莫里哀立了一尊石像作纪念，底座上写道"他的荣誉什么也不缺少，我们的光荣却缺少了他。"

法国文化部规定，将每年 4 月作为莫里哀戏剧月，全国各地上演莫里

哀的名作。有很多场次是免费的。

在邑秋小镇仲夏傍晚的时空中,古人与今人凝眸、对视。从莎士比亚到莫里哀,夏的户外剧场一幕幕再现着古典主义的戏剧法则,是对经典作品的一次巡礼。

>>>
得其志,虽死犹生,不得其志,虽生犹死。
——无名氏

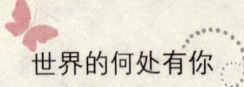

世界的何处有你

一树满满的爱的灯火

一个个愿望,一盏盏灯,这是一树由朴实而真切的爱意串起的灯。丈夫要为妻子献上一份深情,父母为儿女送去甜蜜的祝福,亲朋好友为某一位可亲可爱的人致意……

似乎到了最冷的时候,漫天飞雪下了又下,厚厚的白雪覆盖着铁轨边的路基和丛林。一身冬衣的人,捧着红红的玫瑰花,在夜色降临时分回家。这是2月14日情人节的夜晚。

在火车上听到一位高大的男士亲热的电话声:"嗨,妈妈,我就要到家了!"原来他的红玫瑰是送给母亲的。

就像英语中一个单词Love可以指所有的爱,圣瓦丁节(The Saint Valentine's Day——中译情人节)也并不只是庆祝爱情,同时也包括亲情甚至友情之爱。关于圣瓦丁节的传说,有一种说法是它源于古罗马人二月中旬举办的牧神节。牧神节是对即将来临的春天的庆祝。

邑秋小镇一家家的餐桌上摆好了情人节的晚餐。玫瑰花、巧克力、蜡烛围绕着,窗外是雪的世界,屋里爱意融融。这时候,被雪覆盖的麦克迈卡尔公园中央的一棵松树上,刹那间亮起了一盏一盏的灯火,在深蓝的夜空中,绽放着璀璨,在茫茫的雪景映衬下晶莹而明亮。

这是一树为情人节点起的灯火,叫作"爱的光",每一盏灯,为一位爱人发光。

这是邑秋小镇延续十年的传统,情人节的夜晚在麦克迈卡尔公园点亮爱的灯火。节前，小镇上居民的愿望——不断地汇寄给公园之友，丈夫要为妻子献上一份深情，父母为女儿送去甜蜜的祝福，亲朋好友为某一位可亲可爱的人致意。满满一树的灯，由公园之友志愿者一盏盏挂上去。

一个个愿望，一盏盏灯，这是一树由朴实而真切的爱意串起的灯。

小镇当地的报纸上，记录了每一盏灯为谁而绽放。非常简短的留言和署名，一行行读下去：——献给妻子玛丽安，爱慕你的丈夫斯蒂夫。——迈卡尔，我的爱伴随你今天、明天直到永远！——在天堂里一样爱你！你的简妮姑姑。——赫曼全家好啊！寄自"心照不宣"（U NO HOO）。——麦克、凯西、小茉莉，你们车库对门的邻居在此祝福了！——乖孩子，我们悲伤地怀念着你的笑容！爱你的爷爷奶奶。——斯坦，我的甜心！海伦寄上。——布瑞恩，我会更爱你！克里斯蒂娜寄上。——纪念我们的爱狗，彼一、长宁。寄自劳拉、斯坦力。——哇！结婚二十年了！汤姆和凯丝。——给我们两个好样的儿子扎克和塞姆。爸爸妈妈字。——露西，你是我们生活中的光！寄自爷爷奶奶。——（画了一颗红心）致我的爸爸斯坦力·布德尼，女儿佩奇。——堂兄弟，好人呀，记得我们一起长大的美好时光！我们永远怀念你！

……

这一百几十条祝福和呼唤，多少心喜、心醉、心酸都在其间！

麦克迈卡尔公园内有一块弹性绿地，上面趴着一只人见人爱的绿色大乌龟。小镇的报纸每期发表一篇这只大乌龟写的日记，栏目就叫"乌龟的话"（The Turtle Talks）。一次，乌龟写道：一个小女孩和她的爸爸来了，他们跳了几下，蹦得好欢快！而情人节的夜晚乌龟的日记里写着：敝龟注意到这样一幕——一位绅士单膝屈地，啊？是求婚吗？我不能确定她是不是接受了，不过我会告诉你的是公园里不久之后有一个婚礼。

情人节的灯火，绽放在静静的冬夜，投射着浮想联翩的未来。

鱼生于水，死于水；草木生于土，死于土；人生于道，死于道。
——胡宏

世界的何处有你

与艺术青年为邻

他们似乎离人有点儿远,有点儿躲,总是不太出现在普通人的视线范围内。可你要是在邑秋住,隔壁很可能就是个艺术青年,你与他为邻……

邑秋最吸引三种人来定居,一种是户外活动爱好者,一种是 downtown 高楼里的职场人士,还有一种是艺术家,尤其是青年艺术家。

离城市很近,离公园与河流很近,邑秋的地理条件受人青睐。早上,"西装一族"倾巢而出,赶着火车去上班。黄昏和周末见"运动衣一族"在思古河上划艇,菲尔芒特公园内跑步、骑自行车,在林中的溪流边、岩石间跋山涉水。

而艺术家们是最不拘于定点守时模式的。他们的行踪不好把握,且多半是"愈夜愈兴奋"。如此他们离人有点儿远,有点儿躲,总是不太出现在普通人的视线范围内。

其实,你要是在邑秋住,隔壁很可能就是个艺术青年。你与他为邻。

每个城市都有一批默默无闻又躁动不安的个性青年,音乐、绘画、诗歌,是他们灵魂里的魔鬼天使。他们的生活多半离经叛道,时而潦倒,衣食无着,住不起城里的公寓,便落脚在城市边缘的老屋。势利的城市留住拿高薪的商学院或法学院毕业生,把那些无固定收入、从事自由职业的艺术青年挤往边缘。

第十辑 情意

邑秋和善地接纳了这些青年。三十年前，女青年考尔拉来到这里，与小镇一见钟情。她立即搬来，居住至今。现在的考尔拉是一位艺术家、设计师、教师。她有自己独立的艺术工作室（studio），同时也与政府或学校合作，致力于公共艺术、公益项目。她为周边不少学校的学生和老师开设艺术课堂（workshop），她还是几本艺术期刊的编委。小镇图书馆也有一次请她为居民做个艺术讲座。

从事艺术而不改行，也不兼职，最后成功的是少数。他们的转身促成另一段新生活的开始。艺术，跟青春与梦想相连，往往短暂而辉煌，这又何妨。

卖给我们房子的欧文，我高度怀疑他就是个艺术青年，搞音乐的。地下室是他的音乐作坊，唱片、乐器、海报、音乐杂志、音响设备，清一色音乐再音乐，没有别的书籍和杂货。我看过几十个房子，这是唯一如此布置的。

交房那天见了他们夫妇的面，买卖双方的经纪人也都在。欧文和他的做大学图书馆工作的太太完全就是两种气质。一个非常诗化，一个却很实在。欧文话不多，眼神、表情却是一个艺术家独有的，瞬间给人非常特别而强烈的感觉。欧文的太太有个稳定工作，操持油米柴火。欧文做什么工作？大家提都没提。

后来收到欧文一封 Email，先感谢我报告他这个地址又有几封他的信，我都收好了，问是不是寄往他家新址？——他回答说，不用，这些信都是垃圾，扔了就是。除此，他给我写另外两桩事情：后院浇花的管子在墙下，阀门在地下室。还有，开春后务必去月桂山墓地（Laurel Hill Cemetery）游走一番，很值得。

当天正是中国农历年初一。大过年的，欧文来信推荐墓地给我这个买了新家的人。什么意思？我哭笑不得，心想，我偏不去这墓地，谁搭理你这种建议。

思古河畔的月桂山墓园，终于还是耐心地等到了我的脚步。我爱上园里的一切，我在这里倾听着人世喧嚣中听不到的内心的声音。不止我一人，曾将独唱留在墓园的风中，我忽然就想起了欧文。

179

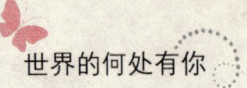

世界的何处有你

欧文离开邑秋,在另一个好的学区安家,他的大孩子已经五六岁。他的第二个孩子正在赶往这个世界的路上,交房那天见到的就是他怀孕的太太。我明白过来,欧文以搬家向他的艺术青年时代告别。他要以奶爸的角色,挑起养家生活了。

> 我总觉得,生命本身应该有一种意义,我们绝不是白白来一场的。
> ——席慕蓉

第十一辑

此地

从往昔到今日,变换着人群。但山岗上风景依旧,老教堂威严的尖顶伸向空中。清越的钟声,有时在小镇上萦回,夜晚的风变得宁静、纯澈。正如教堂用一种无比向上的纵深感,营造人与神沟通的空间,冬天落尽叶子的大树,有一股同样的向上引力。冬天的夜色中,心灵仿佛与天空贴得更近。

世界的何处有你

半山坡的站台

人的处境，没有绝对的优劣。一种人生与另一种人生，并没有很大分别。她每天平静、和悦，有时候在窗口跟木屋候车室的人说一声：火车来了。她看着人们站起，又目送着他们离开。

　　小镇上的火车站，是一座木屋。
　　木屋车站是不大的，但它脚下伸展开的站台却宽宽的、长长的。这是一个半山坡上的站台，公路和停车场依山坡顺势而上。小镇上的街区、住家鳞次栉比地分布在高低起伏的山坡下、山坡上。
　　邑秋称得上是沿途的一个大站了。周围的上班族有的需要驱车赶至这儿来搭火车。
　　晨霭中一幅动态的画面——
　　坡路上奔下来西装笔挺的年青人，手里提着一把领带——至少有三根，我思忖是不是他时间紧得来不及挑选，遂抓了一把匆匆出门，等上了火车坐定再来择拣。
　　抵达了站台的人却一番神闲气定。山岗上的微风把他们的风衣轻轻撩起，传过来一些早晨沐浴后的清爽味道。有人手上端着咖啡。有人走至报筒处取一份免费的报纸看。要是火车逾时未来，或听到了车站广播里的晚点说明，有人就打个电话给公司，语气平稳不躁。
　　木屋车站里的长条凳上可以歇坐。木屋里一个书架上放着书，是专门为候车的人准备的。书是小镇上的读者捐出来的，都是不错的读物。除了书,另有一份报纸,是邑秋小镇当地小报,每月一份,也供人取阅,可以带走。

所以说,木屋车站更像是一个书报阅览室。在木屋车站里的售票窗口工作的中年妇人,于是让人羡慕。不仅源于我从小对图书馆理员工作莫可名状的垂涎,还因为她在此地人群中无可匹敌的优势——只有她是这里独一无二的不再离去的人,别人都是匆忙赶路的乘车人。

人的处境,没有绝对的优劣。一种人生与另一种人生,并没有很大的分别。

没有问过她叫什么名字。邑秋小镇车站上这位站台员是一位棕黑的妇人,穿着深蓝色的铁路职工的工作便服。她每天平静、和悦,有时候在窗口跟木屋候车室的人说一声:火车来了。她看着人们站起,又目送着他们离开。

1886年的邑秋小镇车站,来了一位叫威廉·格林的站台员。他此前已经在美国早期著名的雷丁铁路公司(Reading Company)有过5年从业经验。他到邑秋车站后,一直工作至1932年退休。威廉住在铁轨边的简易屋内。从早上六点工作到半夜十二点,他在车站给客人卖票、拿行李、跑托运,还负责铁路报务,从早忙到晚,是一名辛劳的勤杂工。

有一年寒冬,煤矿工人大罢工,煤井停运火车停开。威廉在冰天雪地的车站上瑟瑟发抖,无以取暖。

小镇车站,从往昔到今日,变换着人群。但山岗上风景依旧。春天绿意盎然,秋天层林尽染。老教堂威严的尖顶伸向空中。

我曾经在山岗前,呼吸到春天将至的时候大地苏醒发出的泥土芬芳,一下子,回到小时候我妈妈插队的农村,和小伙伴一起在村口采挖野菜的那一块山岗上。往事直扑心里。火车从铁轨上徐徐开来,停住了,把分散在时间和空间四处的我,拉往今日征程。

>>>

如果你无法改变别人,那么就要尝试着去改变自己。

——颜廷利

世界的何处有你

米夫林钟楼

美国很多学校都以一个钟楼为标志。这样的钟楼几乎是一种精神象征,它在夜间笔直地伸向深蓝的天空,像一盏灯塔……

  离我家很近,有一个学校,是 7 岁至 14 岁孩子读书的一所公立学校。学校的大楼是一幢殖民地风格的庞然建筑(Colonial-style Architecture),石质地基,红色砖墙。它依山势造在坡上,背靠一大片高大的杂树林,在那里,粗壮的树干上藤蔓缠绕。

  如果暗红色砖墙是这幢楼的体魄,那么"石库门"给予它气质。石库门普遍见于上海半殖民地时期的建筑上。尺度高大,石或水泥砌成,饰以古典风格的浮雕。石库门这个词是中国人的发明,而这种式样的门本身在西方建筑中随处可见,看来是希腊式拱门在建筑上的延续吧。

  大楼各侧均建有"石库门",给人一种气宇不凡之感。

  其中一个门掩映在那片树林后面。一级级石阶沿山势而上,通往那扇门,但它永远是无人进出的。一扇僻静的后门,一片寂静的后院林地,非常神秘。

  屋顶上高高耸立着一个钟楼。美国很多学校都以一个钟楼为标志。

  这个钟楼几乎是一种精神象征。它在夜间笔直地伸向深蓝的天空,像一盏灯塔。学校斥巨资修复了这座钟楼。2007 年 1 月 8 日,学校在春季学期开学的第一天,举行了钟楼再启动盛大庆典。

  这个学校以美国建国时期的名人托马斯·米夫林(Thomas Mifflin)的

名字命名。米夫林是大陆军队伍里的将帅,是美国宪法签署人之一。美国独立战争胜利以后,他曾就任宾夕法尼亚州第一任州长。米夫林的家就在邑秋,位于瑞奇路和弥德维尔路相交处的附近。

以开国功臣命名的这座学校,建于 1937 年。当时的美国社会,白人和黑人"隔离但平等"(注:这实际上是自相矛盾的),白人孩子和黑人孩子必须就读不同的公立学校。到 20 世纪 50 年代,美国开始废止以往的种族隔离行为,民权运动迈进一大步。

从这个时候起,米夫林学校开始失去往昔的宁静。几十年来,围绕着种族问题,不断发生事端,一次次以更换校长来收拾局面,但纯粹于事无补。白人学生不断流失,如今全校几乎都是有色人种,黑人学生占百分之八十以上。在校学生绝大部分来源于贫困家庭。

历史、传统、庄重的建筑等一切优秀的质素,已变得形存实亡。代之以嘈杂、滋事生非、谩骂和打斗。成绩一败涂地。

听惯的都是黑人家长怒告学校白人教师歧视黑人孩子。不过去年,米夫林学校爆出一桩别样诉讼,角色置换:

四位白人教师联名告黑人校长"种族歧视",证据是校长宣称他们白人没有能力教黑人孩子。另外,校长一边包庇黑人教师违章乱纪,一边却苛求白人教师遵规守律。校长说话、行事不一视同仁,让他们明显感到只要身为白人,虽然没做错啥,却遭受歧视与不公。

矛盾只要上纲到"种族歧视",就仿佛握紧了一柄尚方宝剑。看来这四位白人教师也是因为忍无可忍,便以其人之道还治其人之身。

新来了一位白人女性校长。鉴于无数个前车之覆,她低调上任,施行无为之治。她说:我们的学校是很小的学校,不过小有小的好,家庭气氛嘛。今年让我们过一个好年吧。

米夫林学校的内乱是令人痛心的,不过这是美国社会贯彻民主、平等的必经之路。不管怎样,我佩服 20 世纪 50 年代的美国白人勇于牺牲自己利益造福于人的胸襟。前途漫漫,就祝这位受命于危难的女校长好运吧!

了解生命而且热爱生命的人是幸福的。
——佚名

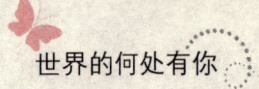

世界的何处有你

圣布里奇特教堂

这座教堂如此不离左右，像空气和水一样，与人亲近。只要你抬头，便见到它的剪影——它守护着小镇，它伴随着你。钟声，让人们听得踏实，叫人感受到平安……

邑秋小镇上有多所教堂。最引人瞩目的是靠近小镇商业街市、位于小镇主干道上的圣布里奇特教堂。

在思古河边的高速公路上行驶，俯视岸边的邑秋小镇，第一眼望见的就是这座教堂笔直的塔楼、巍峨的尖顶。它虽然建在一个山坡的地势偏低之处，却是小镇上绝对高度最高的一幢建筑，而且占地广，气势庞然。

它肃穆的石质墙体、鲜红的木门，透着一种威严。

它在小镇上似乎无时不在，无处不在。在赶火车的山坡上，在散步、探幽的后巷里，在远道而回的归家途中，只要你抬头，便见到它的剪影——无论是晨曦里，还是晚霞中，或是星光下。它守护着小镇，它伴随着你。

这座教堂就这样不离左右，像空气和水一样，与人亲近。

我化开的心轻轻地叩问其名，才知它叫 Saint Bridget Parish（圣布里奇特天主教堂）。一开始，我把 Bridget 误以为 Bridge，桥。但马上怀疑，一座古老的教堂，不大可能有这么一个通俗的名字。果然，Bridget 并不是英文，而是凯尔特语，含义是"力量"。

凯尔特是欧洲古代文明之一（The ancient Celtic civilization），与古希腊、罗马文明圈相对应和并存。凯尔特人是上古欧洲的一个松散族群，有

其共同语言和文化传统。现代欧洲的各民族在很大程度上源于凯尔特人。

邑秋小镇上的圣布里奇特教会创立于1853年,其后几度搬迁、扩建,1927年教堂及附属小学得以竣工,一直保留至今。2003年,圣布里奇特教堂举行150周年纪念活动,邀来了摩纳哥王子及邑秋小镇凯利家族的后人。邑秋小镇是已故摩纳哥王后(好莱坞电影明星格蕾丝·凯利)的出生与成长之地。童年及少女时代的格蕾丝,生活中一项必不可少的内容就是——在圣布里奇特教堂虔诚地祈祷。

邑秋小镇见过无数繁华,也见过火热的工厂、作坊沦为荒地。然而,邑秋小镇上从未有过废弃的教堂。教堂的生命力比起小镇上曾有的发达工业、富豪之家,是真正强大的。火灾与经济大萧条,都不能摧折它。

教堂,是一处圣地。百劫不毁。信仰也是如此。

清越的钟声,有时在小镇上萦回。夏日的黄昏,这样的钟声清凉、旷远,夜晚的风变得宁静、纯澈。

教堂的钟声常常是似有若无的。它非常轻灵,听在耳际,却碰撞着心扉。钟声里,人们的举止奇妙地变了,粗莽的转向斯文,强悍的化为柔和。钟声,让人们听得踏实,叫人感受到平安。

"今月曾经照古人","古人今人若流水"。圣布里奇特教堂让我想起了李白的诗句。古老的教堂,就像天空中的月亮,清辉播撒人间,古往今来,一批又一批人生之旅上的过客,需要这份月光,没有了它,黑夜的路或将辨不清方向。

生命不可能有两次,但是许多人连一次也不善于度过。
　　　　　　　　　　　　　　　　　　——吕凯特

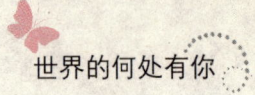

世界的何处有你

麦克迈卡尔公园

这个公园样貌并不特殊。分布着一些高大挺拔的树,几张木椅子静静地留守,松鼠灵活地出没,一些遛狗的人在漫步。这些都是随处可见的公园常景……

尽管邑秋紧靠着山谷、丛林、河流所构成的菲尔芒特公园,但它依然有一个自己的公园,小镇的居民抬步即到。

这个公园样貌并不特殊。分布着一些高大挺拔的树,几张木椅子静静地留守,松鼠灵活地出没,一些遛狗的人在漫步。这些都是随处可见的公园常景。

不过,麦克迈卡尔公园是富有盛名的,一串光辉的历史和名人与它相干,可谓掷地有声。

美国独立战争爆发以后,年轻的法国贵族拉法耶特(La Fayette)第一个志愿参加美国革命。他以激情、勇敢与军事智慧,为美国独立战争的胜利做出了重大的贡献,与华盛顿结为终生挚友。美国白宫前的拉法耶特广场即以这位外国人的名字命名。美国人说拉法耶特将军的英名将永远在美国的史册上闪耀。

拉法耶特在美国独立战争之后回到法国,在史诗般壮阔的法国大革命中成为风云人物。革命民众攻占巴士底狱后,拉法耶特将缴获的开启巴士底狱的钥匙作为礼物赠送给华盛顿总统。

在美国,在法国,拉法耶特都是一位著名的英雄人物。

邑秋麦克迈卡尔公园前身,曾经是拉法耶特将军的司令部所在地。不远处是大陆军营地。独立战争胜利后,新生的美国着手建都、造官邸,于是诞生了华盛顿特区和白宫。在之前的选址阶段,邑秋曾被郑重地列为候选地。

后来,大陆军营地前设立了炮台和纪念碑,拉法耶特的司令部原址建了一个公园,即麦克迈卡尔公园。

也许是为了避免重名——因为当时以拉法耶特命名的广场、街道、公园已经太多了,邑秋人给公园定名为麦克迈卡尔。

麦克迈卡尔也是一位响当当的人物。他是一位文化人,记者出身,继而成为报业大亨。1866~1869年,他担任费城市长。当时费城正在开建巨大的菲尔芒特公园,麦克迈卡尔出任公园委员会第一届主席,达12年之久。为了纪念他,菲尔芒特公园为他竖立了一尊高大的坐姿雕像,永远凝眸思古河两岸的山峦和森林。

邑秋小镇的公园,就是以这位市长的名字命名的。

这是一个长方形的公园,围绕它的就是四条道路,蔷薇路、卡尔斯特路、玫丹薇路、麦克迈卡尔路。这些路上一座一座房子,都面对着公园。格蕾丝·凯利家的房子,就在附近。公园里的大树粗壮庞大,真像张开的巨伞,下大雨躲在树下绝不会淋湿。

每年6月在麦克迈卡尔公园开一个跳蚤市场(Flea Market),四条街上及公园里,摆满了一个一个摊位,卖各种旧物、古董,夹杂着吃的、喝的,采购或游玩的人好不热闹。这个跳蚤市场简直是烂漫之夏的一个盛会。

入秋,麦克迈卡尔公园里树叶一片金黄。秋叶飞舞、飘落,沙沙沙,如同一场絮絮的金色秋雨。

到了12月,麦克迈卡尔公园自有一种冬天的萧瑟之美。圣诞节前,一台烛光唱诗会在公园举行。冬天的夜色中,心灵仿佛与天空贴得更近。正如教堂用一种无比向上的纵深感,营造人与神沟通的空间,冬天落尽叶子的大树,有一股同样的向上引力。

一身报国有万死,双鬓向人无再青。
——陆游

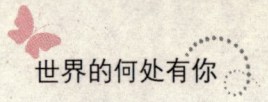

世界的何处有你

老房子里的周末剧场

演员们没有大明星的风采,却有一份难得的纯真和热忱。观众们乐呵呵的,笑声迭起。老房子里的周末剧场就在安静、平常的生活里……

　　走在古老的印第安女王街上,你准会看到一座有着宽大草坪的老宅,静静地在大树下沐浴着夕阳。黑色的铁栅栏守护着院中的宁静和美丽。

　　院子里竖着一块蓝色底、金色字的牌子——老学院(The Old Academy),可它如今看起来,并不像一所学校。老宅的样貌很朴素,是座方正的两层屋舍。唯一与众不同的是它的坡屋顶上还耸立着一个塔楼,带绿色的圆顶,很有古旧气息的一种绿色。

　　让我来告诉你,这座名叫 Old Academy 的老宅,是邑秋小镇上大名鼎鼎的剧院。

　　Old Academy 刚建好的时候不是剧院,也不是一所正式的学校。1816年,这里是一块依山近水的未开垦土地,William Moore Smith 和太太将这块地捐出来,意在建立公共事业(教学、传教这类事务)场所,为民所用。他们的愿望得到当时费城贤达、富裕人士的支持,支持者纷纷出资用于造楼。

　　Old Academy 就此诞生。它成为当时邑秋小镇上孩子们的课堂、居民们的议事厅、节日的聚会场所,以及临时教堂、临时图书馆。岁月悠悠,邑秋小镇发展为一个繁华、成熟的费城郊区小镇,学校、教堂、图书馆早已各有其所。1923 年,"老学院"成立了一个音乐俱乐部(Musical Club),开始为居民演出。到 1932 年,音乐俱乐部更名为剧团,全称即 Old Academy Players.

"老学院"剧团的团徽是这样的:一方黑底子上飘动着两个白色面具。

我非常欣赏 Old Academy 这一名字,也非常欣赏"老学院"剧团的团徽设计。它们很容易让人联想到古希腊的雅典辉煌的文明时代。

Academy 一词最早指的就是柏拉图在雅典创办的学院(academy),也叫雅典学院。可以说,academy 一词集中代表的就是希腊精神——对智慧和真理的追求,追求最高的生活理想。

面具最早的产生,也是在古希腊。面具的发明者是古希腊悲剧之父埃斯库罗斯。戴着面具表演的希腊悲剧,是人类戏剧在神性时代的一段绝唱式的演绎。随着人类神性流失,面具在戏剧中也相应式微。

"老学院"剧团恰如它的名字所代表的那种姿态,与现代社会演艺圈商业演出剧团是不一样的。它是邑秋小镇又一个"非盈利机构"。他们演出的门票是每一个邑秋人都花销得起的。剧组成员多是邑秋人或近邻。20 世纪 40 年代,少女时期的格蕾丝·凯利就是"老学院"舞台上才华耀眼的明星。而即将上演的新剧中,一位扮演者是费城大学教文学与写作课的老师,她和诗人男友都住在邑秋。

有的剧目需要动用大量人员参与演出,既需要主演、配角,还需要志愿者参与服务。我见过剧团刊登的一则"试镜"广告。说现为某出戏招募六男三女,请于某月某日某时到"老学院"剧场来面试,面试项目是读台词。

一个剧组的成员中,有的既是编剧又是演员。有的是夫妻关系,双双热爱舞台,长期合作。有的台上是演员,台下是护士或工程师,晚上、白天过双重生活。有的演员,是演艺多面手,能唱、能跳、能演,正处于青春与艺术最饱满的时期。

"老学院"剧团的排练一律安排在晚上。在演出季节,每个周五、周六晚上八点进行演出。有时也偶尔增加一场星期天下午的演出。

不用担心剧院里没有观众。恰恰相反,每次都是座无虚席、气氛热烈。剧院很小,大概仅能容纳一百来个观众,演员和观众有不少是街坊、邻居、熟人、朋友、亲属。也有学校的学生、恋爱中的情侣这些模样的人,结伴观剧。

世界的何处有你

　　演员们没有大明星的风采，却有一份难得的纯真和热忱。观众们乐呵呵的，笑声迭起。老房子里的周末剧场让人感到舞台离自己很近，就在安静、平常的生活里。

一致是强有力的，而纷争易于被征服。
——伊索

塔楼之巅的猫鱼

一条鱼站在风向标上，这绝对不是传统的做法。然而在邑秋，有一条骄傲的鱼儿，它"飞"得很高，与风儿为伍，与蓝天为伴……

　　天空中鸟飞，河里鱼游，人生活在陆地，这是天经地义的。然而在邑秋，有一条骄傲的鱼儿，它"飞"得很高，与风儿为伍，与蓝天为伴。

　　它站在邑秋公共图书馆塔楼之巅的气象标上，乱云飞渡我从容。指示风向的 S/N 箭标，在它身下像螺旋浆一样回转。中世纪的欧洲，教皇曾下令将所有教堂塔楼顶端安装风向标，而风向标上必须站着雄鸡的身姿。一条鱼站在风向标上，这绝对不是传统的做法。

　　何况，风向标一向建于教堂的钟楼顶上，渐渐地被人赋予神性意义，更不用说公鸡了，在基督教里象征上帝、神性及光明。它是怎样一条特殊的鱼，才能荣登塔楼上的风向标之顶呢？

　　——就是思古河里的猫鱼（catfish），这种不足为奇的鱼，两三百年前这条河里有千千万万条。印第安人以此为生，后来欧洲殖民者也靠着渔业发大财。有个渔民一晚上就从他的水底渔网捞上来三千多条猫鱼。那时候在思古河边的客栈，猫鱼是一道最受欢迎的美食。

　　瀑布泻下的一段河道成为最佳捕鱼点。东岸沿河之地，形成小渔村。简单地归纳邑秋历史，很简单，它从河中捕鱼成为渔村，后来又依靠思古河水力，兴办纺织厂。这里的高水位瀑布占尽了地理优势，无论对捕鱼还

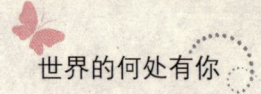

世界的何处有你

是织布。

我想，河中猫鱼的减少，也并非是被源源不断到来的欧洲人吃光的。以常识分析，沿河的一座座纺织工厂，给思古河带来了巨大的污染。猫鱼们被毒死了成千上万。猫鱼也不再是盘中餐，那变了味道的河水出产的鱼，无人问津。渔业破产，小客栈倒闭。

那个田园风光的小渔村远去了，热爱自然生活的印第安人离开世代居住的家园，踏上"血泪之路"（Trail of Tears）西迁。

1913年，一座英伦学院式风格的石建筑在玫丹薇路上落成，它就是邑秋公共图书馆。宾州钢铁大王卡内基捐出财富，在全美兴建公共图书馆。这是继教堂之后，美国人生活中又一个充实着人们心灵的地方，对所有人免费开放。

一百年前的图书馆，是邑秋一座新的崇高圣地。在它顶上安装了蓝绿色的圆顶塔楼。八边形的两层阁楼，上面再搭起一个圆穹顶的亭子，四周有神物护围。在塔顶的针尖上，一条猫鱼就像扎在印第安人的长矛上，高高举在空中。长矛同时也是风向标的直轴。

这个设计，让猫鱼从此成为邑秋小镇的象征而深入人心。风向标上的猫鱼，仿佛也获得神性，像神将一样，让来自四面八方的风归顺。它庇佑着苍生，让邑秋无灾无害。

然而，把猫鱼作为图腾或象征的，更应该是勒那佩印第安人啊。我隐约有所悟，这些发财致富的移民者，是感激印第安人的收留？是良心发现？还是无法规避对神的敬畏？猫鱼被神化，被高高地供奉，难道不是他们要化解这些复杂的心结？

后注：如今的思古河两岸已不再有工厂。经过整治，河水变清，又有猫鱼在水中游弋。黄昏夕阳下，常见岸边有静静的垂钓者。也常见他们把钓到的鱼又放回水里，可谓渔翁之意不在鱼，而在于"渔"之乐。

英勇非无泪，不洒敌人前。男儿七尺躯，愿为祖国捐。
——陈辉

篇十二辑

斯人

一个平凡的家庭主妇，是不是上帝让她有这么出类拔萃的手艺和汩汩奔涌的灵感？一位鳏居的老教授，在又一个春天将临之际魂归苍穹，小镇上的邻居们都可以来参加追思会。梅茉儿在1996年去世，时光将老剧院的这对父女分开，然后又让他们团聚。亲人们把生命的离别与相思交托给一棵树，让思念在土里扎根，在枝条上伸开，在每一片绿叶上依附……

世界的何处有你

夏弗尔太太的帽子

夏弗尔太太花色花样层出不穷的帽子，是冬天的邑秋一束耀眼的美丽。她好像戴着这样光彩照人的帽子赴冬天的约会……

英文中的 artist 一词翻译成中文是"艺术家"，无可争议。

然而 artisan 这个词在中文里，却有"工匠、艺匠、技工、手艺人、手工艺者、工艺美术师"一堆翻译。

我斟酌了一下，把 River's Edge Artisans 译为——河岸工艺手们。

这里的河，无疑指的是思古河。"河岸工艺手们"是一个团组联合会，由邑秋小镇及河对面的罗克斯伯勒区的九位工艺手联袂而成。他们有男有女，或钟情陶土，或偏爱琉璃。有的善纺织，有的好编结。他们制作出精巧的首饰，风情万种的家居饰物。你可以想象他们忙碌的双手分别在和泥、制坯、引线、穿梭、雕蜡、抛光，无不尽其十指之能巧。

邑秋小镇的冬天，有很多不能错过的景致。比方说圣诞节的装饰，每一家都施展了法术，绝不甘于落后，搞得像迪斯尼的梦幻世界一般。再比方说思古河的冰封、邑秋的雪飘，及夜晚有人在白雪皑皑的院中，燃起篝火，围"炉"叙话。

邑秋的冬天还有一幕热烈的景象，叫我心动。瞧吧，就是夏弗尔太太头上的帽子！她戴着她一天一换的帽子，给人隆重出场、惊艳的感觉。她的帽子让她成为冬天的宠儿，她好像戴着这样光彩照人的帽子赴冬天的约会。

当我每次出门，在小镇每一个公共场所，我的目光都找寻她，希望跟她相遇，我就是想看一眼她的帽子，她今天又戴了如何美丽不凡的帽子。

她头上华丽、古典、异域情调、浓艳等风格相糅的冬帽，就像冬天里的一把明亮的火焰。

某日打开报纸，一看，多日不见的夏弗尔太太就在报纸上。她戴着一顶阿拉伯包头帽式样的红黑两色的有一副盛装气象的冬帽，微笑着。

于是我知道了夏弗尔太太的故事。

夏弗尔太太住在印第安女王街上，是一位中年家庭妇女。用2011年网评出来的年度词语来说，她是一个帽子"控"无疑。她就像我的脑子里总是盘桓着一些文字那样盘桓着无数的帽子、帽子。这些帽子在她脑子里拥挤极了，迫得她有一天坐在家中的沙发上，开始编织她的第一顶冬帽。脚边的藤条篮里是一团团色彩各异的绒线，她的狗"小约克"也乖乖地陪在身旁。

从此以后，夏弗尔太太再也不能停止她的双手。她为自己编织了一顶又一顶冬帽，志得意满地戴在头上出门。她还给她的小约克编织了冬令小帽、围脖、护身，每一件都充满意趣，心爱的小约克每天都一身新装。

夏弗尔太太自己，还有她的街坊邻居，都不敢相信：一个平凡的家庭主妇，是不是上帝让她有这么出类拔萃的手艺和汩汩奔涌的灵感？

夏弗尔太太的帽子已经多得戴不完了，她受到一位懂商业人士的启示，入了"河岸工艺手们"团队，从此夏弗尔太太的帽子在他们的门市店里可以买到了，并且参加了费城的商品、交易展览，获订货商的青睐。

我非常非常倾心夏弗尔太太花色花样层出不穷的帽子，它是冬天的邑秋一束耀眼的美丽。而让我没有想到的是，报纸上说夏弗尔太太编织的"癌症帽"漂亮迷人。读到此句，我呆怔半响，继而是长长的欣慰——感激夏弗尔太太这双灵巧的手，把她奇思妙想的编织技艺带给了这个特殊的群体，对于生命和美丽，他们最敏感、最渴望。夏弗尔太太的帽子，适得其所。

我好像一只牛，吃的是草，挤出的是奶、血。

——鲁迅

世界的何处有你

瓦尔登3409的哀思

这个老屋相伴到他生命的最后，这里收纳着他一生最丰富厚实的印记，没有任何地方比这里更适合为它的主人送别……

邑秋小镇上有一条弯弯的路，叫 Warden Drive。我也不知道该叫它冬梨路，还是音译瓦尔登路。这里的房子紧紧挨着费城大学的山坡和后林子。古老的房子，密密的树林，散步走到这儿，总觉得这一座座都铎式乡村风格的老屋里，住的是费城大学的老学究。

3409号的门前有一些动静，有一种氛围，异于寻常往日。我想这里是不是有 Open House，但又不像。只见人们手捧花束庄重地进入，似乎是一场特别的拜访。此景似曾相识，我心里隐约有了答案……

这是一个早春的星期六下午，夕阳投射在吐绿的林间。瓦尔登路3409号正在给它离世的主人举办追思会。亲戚、朋友和邻居来出席的，是一个人一生的最后仪式。这位与世长辞者是谁呢？

很快，在报纸上读到回忆与纪念的文章。于是知道了，3409号的主人是一位鳏居的老人。相伴五十多年的太太先于他撒手尘寰，两人没有孩子。这位老人活到91岁，在又一个春天将临之际魂归苍穹。他就是费城大学的退休老教授施耐德老先生。

一生的简历大致如此：1921年出生于宾州东北部的小镇，祖籍威尔士，矿工的后代。少时对造桥、建房着迷。青年时酷爱读书，并习得拉丁文、希腊文、法文、德文、意大利文，入穆伦堡学院主修古代经典。二战中，三年半时间服务于军队，曾远征澳大利亚和菲律宾。战后，1947年入宾夕法尼亚大学攻读英文与哲学博士。1957年开始执教于费城大学，当时的校名是费城纺织学院。其后三十四年时间他在教学与管理上卓有成效，由一介英文教员，升任到人文与社会科学系的主任，这个系即如今的文理学院。退休后保持人文学科教授本色，作词汇、地名之类的考古。

作为邑秋的资深居民，施耐德老先生见证了这个小镇的变迁。他晚年在接受邑秋历史协会口述历史项目的专访时，曾亲口述说：

"在我十多岁时，瑞奇街和玫丹薇路的十字路口，有一家19世纪的小客栈，人们爱到这里来吃鲶鱼和蛋奶烘饼。那场景叫人想起新奥尔良，那里的围着浮雕铁栏杆的阳台。"

"老邮局是在圣布里奇特教堂的旁边，非常非常小，你得挤进去。"

施耐德老先生在职业生涯上也有点点滴滴的难忘片段。他述说："作为系主任，我有自己独立的办公室了，不再跟大伙儿一起共用一间大屋子，我们失去了接触机会，所以我开始在我的办公室备上酒和奶酪，每个星期五，好几年都如此，连院长也给吸引来了。直到大家都搬入了雷文山公馆为止。"

一般来说，一位逝者的追思会多是安排在教堂的。十年前，我参加过一位车祸去世的学生的追思会，就是在教堂。这次邑秋小镇上施耐德老先生的追思会却设在自己一生居住的家中，这似乎并不多见吧。

注意到报纸上的启示说，小镇上的邻居们都可以来参加追思会。我有些遗憾错过了置身施耐德先生故居的机会。我也忽有所悟，对于施耐德老先生这样一个无儿无女又失去了配偶的老人来说，是这个老屋相伴到他生命的最后，这里收纳着他一生最丰富厚实的印记，没有任何地方比这里，瓦尔登路3409号，更适合为它的主人送别……

我们爱我们的民族，这是我们自信心的泉源。

——周恩来

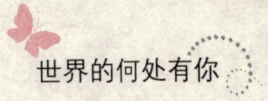
世界的何处有你

老剧院的守护人

梅茉儿在这里常常想起她的父亲。她以为她和父亲已天各一方,却发现生死并未阻断他们的相遇。这里处处有父亲的身影……

　　小镇上的 Old Academy（老学院剧场）在排练名作《欲望号街车》,这是他们近百年历史上第 484 个剧演。

　　经典的剧目可以长演不衰,一次次重返舞台,然而 Old Academy 无法迎回消逝于时光中的往事与故人,只能在记忆里遥望……

　　从时光的远处,走出的是微笑的中年妇人 Miss Mae Mohr,梅茉儿小姐。人们如此称呼她,因为她一生未嫁。她和父母一起住在印第安女王街,离老学院剧场不远。这一年,梅茉儿的老父亲 86 岁高龄去世,她接替了他的工作。

　　父亲是做什么的呢？他是老剧院的护工。他打扫屋里屋外,种花草,清理落叶,煮咖啡并做布丁甜点。他是忙碌的园丁和尽责的看门人。这时是 20 世纪 40 年代,广播里传出的是凯特·史密斯（Kate Smith）极富感染力的歌声。她唱《神佑美国》等歌曲。

　　父亲年轻的时候,费城的街区行驶的是马车,在轨道上行驶,车厢开有前后车门,供乘客上下。梅茉儿的父亲是马车上的售票员、列车长,身穿士兵一样的制服。他和都伯森纺织厂的一名纺织女工结婚,婚礼在邑秋小镇的圣恩教堂举行。

　　这个年青人的婚礼当然是非常简单、朴素的,但后来他在 67 岁时参加过一个顶级婚礼，那是 1930 年 6 月 23 日，石油大王洛克菲勒的孙子迎娶玛丽·多德·克拉克小姐。宾客如云汇聚在克拉克夫妇的郊外豪宅里，他们家的花匠就是温厚的茉儿先生，梅茉儿的父亲。他受主人邀请，出席婚礼。

洛克菲勒的这位孙子，后来曾任纽约州长和美国副总统。那个时候，茉儿先生已经去世了。梅茉儿接下了父亲在老剧院的护工活。

梅茉儿给剧场的座椅刷了新漆，给休息室的沙发做了套子。她像照顾一个孩子那样，细细地呵护老剧院，一点一滴地操劳。她后半辈子的生活与老剧院紧紧交融。从 47 岁到 94 岁，她与老剧院相依近五十年。父女两代人与这座剧院结缘，做它的 custodian（保管人，看门人）。

梅茉儿在这里常常想起她的父亲。她以为她和父亲已天各一方，却发现生死并未阻断他们的相遇。这里处处有父亲的身影。

近半个世纪的时光里，有两件事梅茉儿记得特别深。一是 1952 年，老剧院发生大火，火势凶猛，十个消防队员奋力救火，妇女们高喊："不要让金顶倒下来啊！那是我们的地标！"金色的穹顶在大家的全心护救下，硬是在火中挺立。奇的是，房顶都烧毁了，金顶却没有倒。

另有一件则是，剧院某年排戏，缺人演剧中的母亲。这是个龙套角色，上台只要说一句："我的女儿！"结果，他们让梅茉儿来帮忙客串。当然，梅茉儿的名字不在节目单上的演职人员名单里。当梅茉儿演的母亲出场，台下所有观众惊呼："梅茉儿小姐！梅茉儿小姐！"完全把梅茉儿说的那句台词掩盖。梅茉儿的首次登台亮相，就是这样群情激昂的。

梅茉儿在 1996 年去世。时光将老剧院的这对父女分开，然后又让他们团聚。

Old Academy，金顶映着蓝天，白色建筑古朴而沉静，四周古木参天绿荫环抱。想起俄国戏剧大师斯坦尼斯拉夫斯基的名言"没有小角色，只有小演员"，茉儿父女对老剧院来说，就是举足轻重，不可或缺的一角。

我们波兰人，当国家遭到奴役的时候，是无权离开自己的祖国的。

——居里夫人

世界的何处有你

海伦纪念树

曾经有一对年轻的夫妇在这儿散步,甜蜜写在脸上;孩子们欢笑追逐,童年烂漫。海伦去世后,丈夫和子女一起,把海伦对故乡小镇的思念,带回故土……

麦克迈卡尔公园里种下了一棵树。弯弯的绿色枝条垂落,有些像在风中低首洒泪。美国人把这样的树叫哭泣树,这一棵是"哭泣的樱花树"(Weeping Cherry Tree),即垂樱。

这棵树是子女们为纪念他们的母亲海伦,特意种下的。

海伦从小在邑秋长大。她在这儿上小学,她父母家就住在康拉德街上。1937年海伦读费城的一个秘书专科学校。她结婚后自己的家,也在邑秋,并且离父母家很近。

那时候格蕾丝·凯利姐妹们在蘅蕤路家中打网球,会请海伦等女孩子一起来。旋即,在她们如花绽放的少女时代,美国发生了重要的事情——珍珠港事件,美国加入了二战。海伦为战事服务,在一个地下室兵营小卖部做服务员。在这里,她遇上了未来的丈夫,一名美国陆军士兵。

他们坠入爱河,经历了分离和团聚,于1944年在邑秋的教堂举行婚礼。战后,夫妇俩都在马里兰大学读书,毕业后,他们回到邑秋小镇,丈夫找到一个教职,而海伦成为两个孩子的母亲。

海伦和丈夫都是邑秋小镇老学院剧场的会员,活跃的戏剧爱好者。夫妻合作登台,为邑秋人留下过精彩的舞台表演。这是一段幸福时光。

海伦后来对家谱宗系产生浓厚兴趣,花大量时间查资料、研究,将跟她关系最近的三个家族的历史与人物撰写出来。海伦因此成为 Daughters of the American Revolution 的会员,这个组织简称 DAR,中文译名"美国革命妇女会",成立于 1890 年,由美国独立战争时期建国功勋及先驱者们的女性后裔组成。

当孩子们长大,夫妇俩老了。海伦和丈夫晚年移居波士顿,为的是跟儿女和孙辈们住得近一些,好常常走动。

莎莉是海伦的女儿,她成了一个作家。她写过的一个电影剧本叫《康拉德街上的房子》(The House on Conrad Street),这个故事就是以她妈妈海伦的生活为原型的。这个剧本还得过一个奖项。

海伦的丈夫晚年获美国陆军上校的军衔,并光荣退休。海伦去世后,他和子女一起,把海伦对故乡小镇的思念,带回故土。于是,就有了在麦克迈卡尔公园为海伦种纪念树的这一幕。

这棵树的近旁,相依着很多粗大的树,它们也许还记得,曾经有一对年轻的夫妇在这儿散步,甜蜜写在脸上;孩子们欢笑追逐,童年烂漫。这些树站在时光里,天空下,在原地,阅尽人生万变,记录了它所见的每个场景,于是年轮里布满了一个又一个痕迹。

亲人们把生命的离别与相思再次交托给一棵树,让思念在土里扎根,在枝条上伸开,在每一片绿叶上依附。为海伦栽下的这棵垂樱,将以它全部的生命力,纪念一位停留在此的人……

爱国是信仰的一部分。
——穆罕默德

世界的何处有你

Woodland Wonderland——森林梦幻地

似乎，森林里住着我们最早的自己，住着永远的灵感，以及现实中无法安放的长着翅膀的精神。母校这些依山的树林，给了他无尽的启迪……

忧思在我的心里平静下去，正如暮色降临在寂静的山林中。

华灯初上的时候，从费城大学走回家中。穿过一片一片树林的时候，心弦被触动，于是泰戈尔《飞鸟集》里的诗句回响在小路畔、草尖和树叶上。

从一个高坡走下去，邑秋小镇的居民住宅就在林子的另一头。那里屋舍相连，灯光流影。忽然发现就在高坡上离我不远处，有一个黑而圆浑的不动的身影。乍看不像是狗，我顿时惊慌起来，以为那必定是黑熊了，就赶紧从坡上溜下去。

脱险之后，再回想刚才的一幕，天空暗蓝，树林沉沉的，黑熊（多半儿真的是黑熊）在暮色中独自出没。身后的树林、山坡将神秘感和无限的想象留给我。

很多童话故事都发生在森林里。儿童、动物、精灵们都住在林中。Woodland, Wonderland 这样的地方，是童话中频频出现的梦幻之地，充满各种奇遇。似乎，森林里住着我们最早的自己，住着永远的灵感，以及现实中无法安放的长着翅膀的精神。

费城大学近年来最有名的一位校友，叫杰·麦卡罗（Jay McCarroll），是一位布艺设计师。他参加了美国第一届在电视上举办的时尚设计师大赛，并成为获胜者。此后他推出一连串令人称叹的印花布系列设计，位于系列之首的是一组主题为 Woodland Wonderland——"森林梦幻地"的印花棉布。花布上有梅花鹿、蘑菇、小树等经典的童话景物。

不知道是不是母校这些依山的树林，给了他无尽的启迪。麦卡罗的花布设计强烈体现了"自由精神"和"反皮毛"姿态，他的设计得到美国人道协会（HSUS）即美国最大的动物慈善机构的赞助。

费城大学的校舍最大的特点是窗多、窗大，面向户外的风景。走在夜色笼罩的校园里，尤其能看到亮堂堂的室内，年轻人在设计桌、电脑台专注绘图的身影。当他们抬头，必定能凝望四季与昼夜在窗外不断变换的景致。开放的视野，为他们打开灵感之门。

麦卡罗在电视上夺得美国纺织时装界的大奖后，受到母校聘任，在费城大学兼课。很多媒体采访他时，麦卡罗都谈到过他对花布设计的爱与追求。也可以看出，设计师的创作灵感，的确是源于熟悉的环境和日常的生活。

一款叫 West River Drive——"滨河西路"的设计，取自植物标本。热爱自然的麦卡罗，在思古河西岸散步，捡起了地上的树枝、叶瓣，带回家压在厚本子里。后期经过电脑扫描和布图，便形成了一块枝叶葳蕤的花布图案。

麦卡罗说这个例子表明了我们如何去寻找都市里的自然形式，有所作为。

一款叫 Singing Forest——"歌唱的森林"的花布，则是经历了一番磨难才问世的。这款设计讲述这样一个故事——十几岁的新潮女孩，住到奶奶家，对一屋子老式的沙发布与墙纸，感到沉闷。于是她抓起了画笔，蘸满她的奇思妙想，挥洒在老式的图案上——这就是麦卡罗想要的花布，无奈印制出来的效果令麦卡罗大失所望，屡试屡败。麦卡罗很珍惜自己的创意，不愿意轻易放弃。经过几番不懈努力，才印出这块布。

这个图案最后被命名为"歌唱的森林"，我想可能是来源于那个十几岁的新潮女孩涂抹色彩时的快乐心情。她快乐地歌唱，就像林中小鸟一样。

爱国主义就是千百年来巩固起来的对自己祖国的一种深厚的感情。
——列宁

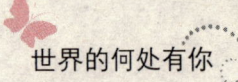

世界的何处有你

汤米的红、白、蓝

希尔费格走过的路程上,红色是激情与创造,白色是挫折、低谷,蓝色是坚持与沉着。红、白、蓝三色其实就是组成人生的颜色。

邑秋很多路都是弯的、弧形的或者环状的。小镇的地势起伏多坡,林高树密。

费城大学,从地图上看,像是嵌在邑秋土地上的一幅不规则的拼图。小镇上很多人家的后院,与费城大学相连。有一家的房子,旧旧的,有点儿年久失修的样子,隐蔽在一片树林里;而费城大学校园内的一条路,就绕林而过。

邑秋小镇的居民区内,也常常见到费城大学的学生。他们多是跑步客,汗淋淋地跑过。有的一边跑,一边观赏路边的房舍,眼光充满了惊喜。这里是三条建于20世纪30年代的都铎式房舍,已登上费城历史街区(Historical Area)名录。

周末,深夜的火车载着一伙兴奋、快乐的年轻人,他们将在邑秋站下车。这是一群刚刚进城去,或听了场音乐,或看了场球赛,尽兴而归的费大学生。他们结伴走过街巷,邑秋的夜就动了动,晃了晃,又恢复平静。

青春飞扬的年轻大学生、未来的设计师们,把时尚、把潮流带给了古老的邑秋。

服装设计一直是费城大学的招牌专业。从2002年起,费城大学把传统更发扬光大，设立了一个深受学生和时装界所瞩目的奖项——"设计精神奖"，全名 Philadelphia University Spirit of Design Award，以此表彰在时装业和设计界做出杰出贡献，对年轻人起励志作用的榜样人士。

这个奖项 2011 年的得主是 Tommy Hilfiger（汤米·希尔费格）。他的公司和服装品牌均以他的名字命名。红、白、蓝三色构成商标。他的设计深具美式风格，20 世纪 80 年代迄今受到广泛的欢迎，成为美国最畅销的几个服装品牌之一。

汤米·希尔费格获奖后来费城大学讲座，让邑秋小镇和费城都怀上了激动的心情。

之前报纸上登出了老帅哥希尔费格的照片。一看就很有明星气质，风度翩翩。灰蓝色的衬衣配着深蓝色的风衣和休闲西裤。头发的金色显得很淡，透出了一些年龄迹象。他坐在游艇上，略侧着脸，目光深邃，身后是湛蓝的海。

而其实呢，希尔费格比照片上平易近人多了。他笑起来很开怀，毫无掩饰。皱纹、灰发让他显得很慈祥。他跟费城大学的年轻一辈分享了他的一些经历和思考。

他说：我原来想成为一个摇滚歌手，可是无奈音乐细胞不足，连吉他也弹不好。做不成摇滚歌手真够沮丧的，不过，我决定把自己穿得像一个摇滚明星。

希尔费格很快在穿着方面表现出了天赋。朋友们开始注意到他的服饰，问他这些衣服是在哪儿买的，言下之意他们也想拥有相同的一件。他就跑去纽约嬉皮士们出没的地方，用自己所有的积蓄，买回来一车衣服，卖给家乡的伙伴们。这就是希尔费格的第一桶金。年轻人就是敢做，他乘兴开了一家店，并且做起了衣服设计。

但未来的路可不是一直顺利的。由于他仅仅是个高中毕业生，难免就矮人一筹。在闯荡纽约时装界的时候，他光有满脑子自以为了不起的创意，却无法说服别人接纳。希尔费格语重心长地告诉费城大学的学生：取得一个专业文凭，比方说从费城大学这样的学校毕业，那么进入业界时你会发现很多门向你打开。

回顾他的创业，他说那绝对不是一个一夜成功的神话。他经历过破产。他甚至在第一份正式设计工作上，还被人解雇。

但最后，希尔费格攀上了顶峰。这称得上是一个励志的故事。极普通

世界的何处有你

的出身——他来自小镇上一户九个孩子的家庭,极平凡的高中学历,却终究创造了奇迹。

希尔费格走过的路程上,红色是激情与创造,白色是挫折、低谷,蓝色是坚持与沉着。红、白、蓝三色其实就是组成人生的颜色。

> 为中华之崛起而读书。
> ——周恩来

Longing and belonging——所求与所有

年轻的戈尔卡是个医学预科生,未来将会有个高收入高地位的医生职业。可是,他最钟爱的并不是医学,而是艺术。怎么办?

紧靠小镇商业街区有好几条幽深的巷子,屋舍连成排密集地向山上延伸。老街、老房,陈旧却焕发活力,是小镇上闹中取静的地方。

走过一座有些特别的房子,门廊的顶上站着一尊复杂的雕塑,两侧镶着彩绘玻璃窗。屋子向外一面墙上涂画着一些橘黄、红、蓝色块。行人走过这幢房子,但望不到里面,因为一楼的窗子都开在高于人视线的上方。

我好奇极了,这是个监狱吗?过了一段时间,这个疑问自然迎刃而解了。原来此屋是小镇上一位老画家的工作室(studio),里面摆满了已经完成的或者正在创作的画,还有大量雕塑作品。这位老画家叫戈尔卡先生,他和他太太两人都是艺术家,两人共享这个工作室。画商、收藏者、美术馆、学生都可以打电话给戈尔卡先生,预约了时间到工作室来看画、洽谈。

20世纪50年代初,年轻的戈尔卡是个医学预科生,未来将会有个高收入高地位的医生职业。可是,他最钟爱的并不是医学,而是艺术。怎么办?戈尔卡决定中断医科学业,投奔艺术。他读宾大的美术专业,取得学位后再入宾州美术学院继续深造,而且加入了纽约的艺术青年学生团体。

在戈尔卡走上艺术道路的20世纪50年代,美国视觉艺术运动波普艺术(The pop art movement)浪潮正在兴起。这个运动造就了一批美国当代艺术家，其中最有名的安迪·沃霍尔（Andy Warhol）也是宾州人，他生于 1928 年，比戈尔卡大三岁。安迪·沃霍尔用可口可乐瓶子和玛丽莲梦露头像作为元素不断复制排列，已成为波普艺术的经典。

戈尔卡深受时代大潮的影响。他用六十多年的时间，与美国当代艺术共兴衰，矢志不渝。

这位天分很高的画家，出道之初就被费城几家美术馆、画廊看好，这些美术馆、画廊为他举办了个人画展，他的事业发展很顺利。他的作品被广泛地收藏、展览，获奖无数。费城人非常熟悉这位画家，时时在美术展上与他的作品相遇。

他在邑秋的这个工作室，原先是美国海外退伍军人（Veterans of Foreign Wars）所属的一个站所，但长久被弃用。戈尔卡先生买下后，建成自己和太太的工作室。

可以说，当初戈尔卡放弃医学为的是追求他心里真实的梦想，英语里用 longing 这个词表达这种向往与渴求。而结果，戈尔卡也很幸运，实现了他早年的理想。英文里的 belonging 一词指的就是个人所有物。从这两个词的关系，不难看到从无到有便是追求与实现的过程。

戈尔卡先生的业余爱好是园艺和长跑。他打理自家的院子，也为社区公共绿化提供义务劳动，他"承包"了好多盆花木精心养护。他是个超级马拉松长跑赛手，参加过 48 小时 165 英里赛，以及 6 天 385 英里赛。戈尔卡先生一共参加过 64 次超级马拉松赛。

戈尔卡先生跑步的身影又让我想起电影《阿甘正传》里阿甘跑遍全美的镜头。

今年已经 82 岁的戈尔卡先生画笔不辍。他目前也指导着一些学生，他们差不多正值他当初放弃医科学业的年龄……

我是中国人民的儿子。我深情地爱着我的祖国和人民。
——邓小平

后　记

　　邑秋小镇的地理位置是得天独厚的。它在思古河岸边，与林深木高的菲尔芒特公园紧紧相依。

　　蜿蜒的河岸边，每年都有各种活动，自行车赛、划船赛、春日赏花等，岸边人流如织，群情激昂。而在另一些金色的黄昏，夕阳中静静坐着垂钓的人。跑步者在路上气喘吁吁地经过，散步的在树下徜徉。

　　邑秋小镇的街市上，饭馆、酒吧、咖啡屋，各领风骚。晚间，这里美食飘香，音乐飞扬。除了值得夸耀的餐馆菜肴，邑秋更自豪的是有一座历史悠久的老图书馆，它给孩子们提供放学后听故事的场所，给成年人准备各种文化讲座和阅读班会。

　　邑秋有两个公园，一个在小镇中心地带，叫麦克迈克尔公园。另一个在商店汇集的瑞奇街上，叫客栈苑公园。每年 6 月，麦克迈克尔公园举办一次大张旗鼓的跳蚤市场，出售旧家具、旧摆设、旧书籍、旧日气息的首饰、杯盏、灯具，成为淘古董、买便宜货的好地方。每年 12 月，麦克迈克尔公园推出一台烛光晚会，这是为圣诞节准备的，人们在这儿唱赞美诗。映着烛光，那些耳熟能详的经典圣诞歌曲也在夜色中荡漾。

　　邑秋小镇还有两个室内休闲、健身中心。还有好几处供孩子们玩耍的游乐园（Playground），园内颜色鲜艳，有滑梯、秋千架、大转盘等。

　　一年内，邑秋有无数个火热的艺术节、艺术活动。人们爱用"fabulous"一词形容这些狂欢、活跃、古怪、精灵的艺术盛会。"Fabulous"译成中文有长长的一串意思：寓言式的；难以置信的；奇异的；神话中的；想象的；超乎寻常的；极好无比的；巨大的和惊人的等。它的词根就是 fable，来源于著名的 Aesop´s Fables，即《伊索寓言》。《伊索寓言》是世界

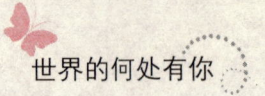

世界的何处有你

上最古老的寓言集，伊索是公元前6世纪古希腊著名的寓言家。

月桂树墓园举办的"穗艺节"，老学院剧场保持了近百年历史的音乐、戏剧演出，都完全配得上fabulous这个盛赞之词。

邑秋是一个宜人的地方。让它如此美好的，也正是邑秋人自己。

林肯总统在著名的葛底斯堡演说中有一句话被后世称为林肯的三民主义，即"of the people, by the people, for the people"，民有，民治，民享。林肯的话语活生生体现在邑秋的事务中。

邑秋隶属于费城市，在行政建制上不是一个镇，而只是一个社区。总管邑秋事务的是"邑秋社区委员会"，这并不是一个政府机构，而是邑秋人选举产生的代表邑秋人利益、执行自治管理的民间机构。委员会中的成员都是邑秋人，来自于各行各业，在邑秋民众中有良好口碑。会员是全体邑秋居民。社区委员会的自主性很强，不受政府机构的直接管理。相反，政府、企业都确保自己与社区委员会合作，因为社委会代表的是民意。

邑秋社委会没有自己的办公场所，借用教堂为会场。开会多在周末和晚上。议题非常广泛，最利害攸关的恐怕是土地规划批准，要一连开好几场听证会。

社委会联合、团结了邑秋众多的民间组织，比如邑秋商会、邑秋发展会署、邑秋麦克迈克尔公园之友、邑秋书友会、邑秋育树人组织、邑秋历史爱好者协会、邑秋观光客联合会……社委会为这些社团开展活动提供协调和支持。

邑秋丰富多姿的生活内容产生于民，享用于民。

邑秋有很多老住户，深深热爱这个社区，誓不迁移。邑秋又以它的魅力，吸引陌生人来此安家。不管是资深的，还是新来乍到的，在邑秋都能找到自己的天地。

所谓的城市化、现代化，从未改变美国人乐于居住城外以求贴近大自然的生活态度。纵然有高楼林立、车水马龙的大都市纽约、芝加哥、洛杉矶，美国文化价值的精髓和本质在于恬静优美各具风格的小镇美国。邑秋，自然风貌与人文精神集于一体，是千千万万美国小镇、美国人生活的一个缩影。

周虞农
2013年10月于美国费城